P. BASTIEN RUE DE SÈVRES.

Discours de réception

DU MARÉCHAL FOCH

à l'Académie Française

MARÉCHAL FOCH

DISCOURS DE RÉCEPTION A L'ACADÉMIE FRANÇAISE

Réponse de

RAYMOND POINCARÉ

Séance du 5 Février 1920

PARIS
" ÉDITIONS ET LIBRAIRIE "
= E. CHIRON, Éditeur =
40, RUE DE SEINE, 40

1920

DISCOURS DE RÉCEPTION

DU MARÉCHAL FOCH

à l'Académie Française

M. le Maréchal Foch ayant été élu par l'Académie française à la place vacante par la mort de M. le Marquis de Vogüé, y est venu prendre séance le 5 février 1920 et a prononcé le discours suivant.

MESSIEURS,

Au temps de Louis XIV, ce qui étonnait le plus le doge de Gênes, venu lui aussi à Versailles en négociateur, au milieu des magnificences du grand roi, était de s'y trouver lui-même.

Mon étonnement est tout d'abord aussi grand de me voir en votre illustre compagnie.

Mais, par dessus ma tête, vous avez voulu acclamer les glorieuses phalanges qui, pendant plus de quatre ans, ont soutenu à travers les rigueurs des saisons, au prix de sacrifices inconnus jusqu'alors, la plus violente et la plus continue des batailles.

Sur cette grandeur du devoir accepté par tous, cette persistante ténacité, cet unanime acharnement à vaincre à tout prix, vous avez vu planer l'âme de la patrie, et pour rendre hommage au foyer de ces sentiments, à l'armée, après le chef illustre qui, loin de désespérer du salut du pays, brisa l'invasion et vainquit dès la Marne, vous avez encore pris parmi vous un soldat.

Grâce vous soit rendue d'avoir de la sorte immortalisé le combattant de la Marne, de l'Oise, de la Somme et de l'Yser, et celui de l'Artois, et de la Champagne, de Verdun, de la Somme encore, de l'Aisne et des Flandres, et ces légions alliées qui, en 1918, depuis la mer du Nord jusqu'aux Vosges, s'élancèrent dans un furieux assaut pour bouter l'ennemi hors de toute France et gagner le Rhin où seulement finit le péril de la Patrie ; d'avoir glorifié, une fois de plus, ce type du soldat français constamment grand à travers les âges, avec sa noble insouciance du danger et son idéal supérieur : soldat de la vieille monarchie, de la Révolution, de l'Empire, et celui que la guerre de 1914 va trouver encore plus grand, cet éternel croisé de l'éternelle croisade du droit et de la liberté, contre l'oppression et la force. Son épopée étonnera le monde en le montrant capable par un effort continu de quatre ans, dans une lutte gigantesque, de rappeler d'une situation plusieurs fois désespérée à une victoire complète, la fortune du pays.

Le maréchal de Villars fut le premier homme de guerre admis dans votre compagnie, le marquis de Vogüé fut son historien. Vous m'avez désigné pour lui succéder. La place est vaste à tenir. Car Vogüé fut plus qu'un historien, il consacra sa vie entière au service de son pays, pour le grandir. A cette tâche qui lui était une obligation, il appliqua constamment les mêmes moyens : le travail, l'étude, un dévouement à la cause publique ; sans réserve, s'élevant pour finir à la charité.

C'est qu'il a une lignée. Par sa *Famille vivaroise*, nous connaissons son ascendance : gens de guerre et montagnards, et le tableau généalogique qui s'y trouve annexé porte fréquemment des mentions comme celles-ci : tué à l'armée d'Italie, tué au Tessin, mort à l'armée de Hollande, tué au siège de Vallon, pour finir par celles-ci : tué à Reichshoffen, tué à Patay, blessé mortellement à Sedan.

En vain les transformations sociales déplacent-elles les centres dirigeants des peuples, en vain le temps s'éloigne-t-il de cette association féodale que Vogüé décrivit si exactement : « Le manoir protégeant la chaumière, la chaumière nourrissant le manoir et concourant à sa défense. Entre l'un et l'autre, dans ce coin retiré, les rapports ont toujours été bons : nos modestes annales n'enregistrent aucune trace de violence ; le temps a eu raison de l'association.

« Le château d'abord, le village ensuite, ont été successivement abandonnés pour des séjours plus accessibles et des régions plus hospitalières ; les pierres du rempart ont roulé dans le ravin ; celles du logis seigneurial ont servi à construire des bâtisses modernes. Seule, la petite église s'est maintenue, symbole de l'idée qui demeure au milieu de l'écroulement des choses.

« Le silence s'est fait sur les tombes et sur les ruines, silence à peine troublé en hiver par le bruit du torrent se brisant sur les rochers, en été par le cri des pigeons sauvages qui tournoient au-dessus de son lit desséché. L'âme des ancêtres anime seule ces solitudes pour leur descendant venu près d'eux en pèlerin de la piété familiale et qui trouble leur sommeil de sa respectueuse curiosité. »

En tout temps, pour si modifiées que soient les institutions sociales, le devoir des Vogüé reste le même : servir le pays. S'ils ont su mourir pour le défendre dans la guerre, ils doivent savoir travailler pour le grandir dans la paix. Si le nom comporte des avantages, il impose des charges et des devoirs. Il n'y a pas à choisir.

Après avoir fait de fortes humanités au collège Henri IV, Vogüé continue ses études au lycée Louis-le-Grand. En 1847, il est reçu trente-deuxième à Saint-Cyr, il n'y rentre pas. En 1848 et 1849, il se présente à l'Ecole polytechnique et, malgré des succès indiscutables, il n'est pas admis. Un homme moins bien trempé eût été déconcerté. Cette même année, il entre dans la diplomatie et part pour la Russie en qualité d'attaché d'ambassade. De là datent ses lettres sur l'orfèvrerie russe, son début en archéologie. Elles sont illustrées de dessins signés de son nom. Il en sera toujours ainsi : un remarquable talent de peintre et d'écrivain appuie la science de l'archéologue.

Le coup d'Etat du 2 décembre, en exilant son père en

Berry, l'oblige à quitter la carrière diplomatique et le ramène à Paris. Il suit en auditeur libre les cours de l'Ecole des chartes. Toute sa vie il en aura l'empreinte : la recherche de la vérité historique, par les études approfondies, basées sur une documentation non seulement étendue mais aussi parfaitement exacte. Il entend la poursuivre et l'élargir sur place de la vue des lieux et de l'examen des témoins constitués par les monuments ; de là ses voyages en Orient et cette œuvre admirable d'archéologie qu'il a tracée « le crayon d'une main et le mètre de l'autre ».

A vingt-cinq ans il avait rassemblé les matériaux de son premier ouvrage, à trente ans, il l'avait publié, ce sont : *Les Eglises de terre sainte.* En ce pays, comme ailleurs, les invasions arabes ont accompli leur œuvre néfaste, détruit les églises et édifices religieux élevés en grand nombre par le zèle des premiers chrétiens, à Jérusalem notamment.

Quand les croisés entrèrent en vainqueurs dans la ville, ils n'en trouvèrent que des ruines. Résolument ils se mirent à l'œuvre et bientôt l'on vit renaître une fièvre de construction : « De toutes parts surgirent de nouveaux sanctuaires, élevés sur les débris de ceux qui avaient jadis existé, issus de l'art roman, mais de l'art roman quelque peu modifié par les influences locales, les exigences du climat, la nature des matériaux employés, les habitudes des ouvriers indigènes. » *Les Eglises de terre sainte*, comme l'écrivait un éminent critique de l'époque, Champagny, « sont l'œuvre d'un archéologue et presque d'un architecte ; on y admire la patience du dessinateur, l'exactitude de l'architecte, la pénétration de savant ; par dessus tout cela, le sentiment élevé de l'écrivain et de l'artiste et, pour fond, l'âme du chrétien. »

Puis, c'est la *Syrie centrale.* Il a exploré avec son activité et sa conscience habituelles le Haouran, la région de Damas et celle qui s'étend jusqu'à la ligne Antioche-Alep. Ces pays sont alors peu dévastés : « Je serais presque tenté de refuser, dit-il, le nom de ruines, à une série de villes presque intactes, ou du moins dont tous les éléments se retrouvent, renversés quelquefois, jamais dispersés, dont la vue transporte le voyageur au milieu d'une civilisation perdue, et lui en révèle, pour ainsi dire, tous les secrets. »

Dans la région d'Antioche, d'Alep, d'Apamée, tous les monuments se rapportent à l'époque du christianisme primitif et l'on est transporté au milieu de la société chrétienne, on surprend sa vie, non pas la vie cachée des catacombes, mais une vie large, opulente, artistique, dans de grandes maisons bâties en grosses pierres de taille, parfaitement aménagées.

Dans le Haouran, plus au sud, le paganisme reprend ses droits et la civilisation romaine y répand les édifices habituels à ses usages : « Temples, basiliques, bains, théâtres, maisons grandes et petites, mais construits avec une solidité dont on n'a pas d'exemples ailleurs : le trait particulier de l'architecture du pays c'est que la pierre est le seul élément de la construction. La région ne produit pas de bois et la seule roche utilisable est un basalte très dur et très difficile à tailler. Réduits à cette seule matière, les architectes surent en tirer un parti extraordinaire et satisfaire à tous les besoins d'une civilisation avancée. Par d'ingénieuses combinaisons, ils construisirent des temples, des édifices publics et privés dans lesquels tout est de pierre, les murs, les solivages, les portes, les fenêtres, les armoires. »

Dans cette étude approfondie d'un passé artistique alors peu connu, Vogüé avait établi l'influence de l'art oriental sur la renaissance occidentale, même sur l'art roman et montré qu'elle s'exerçait déjà sous Charlemagne, bien avant les croisades. Byzance et son art avaient été le trait d'union entre la civilisation païenne et la civilisation chrétienne.

Entre temps, et dans un in-folio accompagné de 37 planches, il avait reconstitué l'état successif, à travers les âges, du temple de Jérusalem, cet édifice aux vicissitudes historiques : construit par Salomon, détruit par Nabuchodonosor, rebâti par Zorobabel, saccagé par Antiochus, réédifié par Hérode le Grand et finalement ruiné et incendié sous Titus après un siège resté célèbre.

La valeur technique de son œuvre archéologique a été donnée à maintes reprises par des voix plus autorisées que la mienne : en 1902, lors de sa réception ici-même ; plus récemment, en 1918, par M. Cagnat, dans une notice sur sa vie et ses travaux lue à l'Académie des inscriptions et belles-lettres. Vogüé s'est constamment montré fasciné par cet Orient, foyer des civilisations les plus anciennes et berceau de la régénération du genre humain dans les lois nouvelles du christianisme. De tous les moyens de sa riche personnalité, il nous a initiés par la plus consciencieuse étude à l'histoire et même à la connaissance de la vie de cette région prédestinée. Le sujet avait trouvé un interprète à sa hauteur.

Et de même des « Inscriptions sémitiques » et des nombreux articles parus en diverses revues et réunis dans ses *Mélanges d'archéologie orientale.*

Rarement, l'étude suffit-elle à remplir la vie d'un serviteur du pays, capable d'action. Dès la fin de la guerre de 1870, il avait fallu faire appel aux hommes de valeur, aux représentants de caractère, pour que la France pût, à l'extérieur, retenir la considération qui abandonne facilement la nation vaincue. Thiers avait désigné Vogüé pour le poste d'ambassadeur à Constantinople. Tandis qu'à Paris fumaient encore les ruines de la Commune, il pouvait déjà rétablir les intérêts de la France, maintenir son prestige et ses privilèges dans un pays où la force guerrière fixait jusqu'alors la politique.

Après Constantinople, c'est à Vienne, au même titre, qu'il résidait pendant cinq ans. Il y acquérait une situation personnelle profitable au pays et sa diplomatie y pouvait encore réparer une partie de nos désastres.

Retiré de la politique à la démission du maréchal de Mac-Mahon, il s'adonne à l'histoire. Il écrit *Villars, d'après sa correspondance.* Le titre est modeste, car la peinture est aussi forte que le modèle est puissant et original. Vogüé nous montre avec précision Villars à Munich, à Vienne, aux armées, à Versailles, tour à tour ambassadeur, courtisan et soldat de grande marque. Pour avoir sans défaillance traversé la sombre période de la guerre de succession d'Espagne, pour avoir mené à la victoire les armées d'une France épuisée par vingt ans de lutte, Villars nous reste un exemple digne d'admiration. Trois noms surtout donnent la mesure de son œuvre : Friedlingen, Malplaquet, Denain. Il y avait bien là de quoi passionner fortement un historien consciencieux et clairvoyant.

Le petit-fils de Louis XIV, Philippe V, vient de monter sur le trône d'Espagne, mettant aux mains de la famille de Bourbon la plus grande partie de l'empire de Charles-Quint. Son avènement a déchaîné contre la France la coalition de l'Angleterre, de la Hollande, de l'Empire, de la diète germanique, de la Prusse notamment, dont l'empereur, pour la circonstance, a fait de l'électeur un roi, se préparant ainsi pour l'avenir un maître redoutable. La France a sur les bras des armées commandées par Marlborough et le prince Eugène de Savoie : la puissance et le savoir. La guerre commence dans les Pays-Bas, en Italie, en Espagne, franchira bientôt nos frontières, gagnera nos provinces du Nord comme aussi le Dauphiné, la Provence, pénétrera même quelques jours jusqu'à Toulon. La France pourra-t-elle soutenir le colosse bourbonien, sera-t-elle capable de porter la fortune de ses maîtres ? La lutte va être vaste et rude.

Pour n'en considérer qu'un point du début, Villars est en Haute-Alsace, à Huningue, sa mission est de joindre vers Ulm, l'électeur de Bavière, notre allié, toujours incertain, d'ailleurs, inquiet, réservé. Seule, la réunion des troupes permettra de tirer parti des contingents bavarois, seul l'esprit de décision qui anime Villars pourra avoir raison des hésitations de l'électeur. Mais, pour barrer sa route au général français, l'armée impériale, aux ordres du prince de Bade, s'est établie sur la rive droite du Rhin, face à Huningue, tenant les hauteurs de Tullingen. Comment faire sauter la barrière, comment l'aborder ?. En partant d'Huningue, c'est d'abord le grand bras du Rhin, que Villars doit traverser, puis une île large de 200 mètres, enfin un petit bras de 30 à 50 mètres.

Sur la rive droite s'ouvre le champ de bataille : tout d'abord, une plaine de 1.200 à 1.500 mètres de profondeur limitée par un rideau d'arbres à peu près continu, au centre duquel se trouve le vieux château de Friedlingen avec quelques canons; au-delà du rideau, c'est une seconde plaine. Elle domine la première de huit à dix mètres ; elle présente la même étendue et se termine au pied de l'éperon de Tullingen brusquement relevé de 150 mètres. Le terrain est fermé au sud par la frontière suisse, il est coupé au nord par la rivière de la Kander, ce qui en réduit à 6 kilomètres la largeur utilisable. L'ennemi tient avec sa première ligne le long escarpement du rideau. Il l'a renforcé de redoutes en ses points abordables. Il a raccordé la droite du rideau au Rhin, par une ligne de retranchements, il en a appuyé la gauche à la frontière suisse par une forte redoute.

Après avoir réglé la marche des colonnes qui doivent affluer à Huningue, Villars est arrivé dans cette ville le 27 septembre. Pour baser son opération, il a la petite place d'Huningue, restaurée par Vauban. Sous son canon et dès le 29, il jette un détachement dans l'île et fait construire sur le grand bras du Rhin un pont, terminé le 1er octobre au matin et immédiatement utilisé pour passer de l'artillerie dans l'île. Le même jour, il jette au delà du petit bras un détachement qui s'organise sur la rive droite et couvre la construction, sur ce bras, d'un pont terminé le 2 octobre. Le passage de l'armée ainsi assuré, il reste à la faire déboucher sur la rive droite. Là, la plaine qui sépare les deux armées, balayée par le canon ennemi, est intenable ; on ne peut y avancer que la pelle à la main. Villars élargit aussitôt ses places d'armes et creuse des tranchées sur ses deux ailes. Il exécute les rampes pour sa cavalerie et construit à sa droite une redoute.

Il pousse ses préparatifs sur la rive allemande et dans l'île, jusqu'à organiser, malgré les efforts répétés de l'ennemi, des abris pour loger ses nombreuses colonnes d'assaut et les conduire tout près de la ligne adverse.

Après une conception d'attaque très simple, voilà bien une préparation méthodiquement et minutieusement réalisée. En tout cas, le 11 octobre, malgré les tergiversations de l'électeur de Bavière, le roi maintient ses intentions et engage Villars à lancer son offensive en lui annonçant des renforts.

Villars, après avoir préparé, avec le soin que nous avons vu, l'attaque directe de l'ennemi, ne se dissimule pas les difficultés d'une opération qui consiste à franchir le Rhin devant un adversaire en position; et alors il va la doubler d'une manœuvre mettant, comme il dit, « deux cordes à son arc ».

A 30 kilomètres en aval de Huningue, se trouve la petite place de Neuenbourg. Le 11 septembre au soir, il la fait surprendre par un détachement de 3.000 hommes, et y envoie immédiatement tous les bateaux disponibles à Huningue. Le 13, un pont y est établi. Dès lors, s'étant assuré par cette construction la possibilité de franchir le Rhin et par la main-mise sur Neuenbourg celle de déboucher sur la rive droite, il va pouvoir manœuvrer, jouer des deux passages d'Huningue comme de Neuenbourg et dérouter l'ennemi, en prenant l'initiative et la direction d'événements qu'il exploitera avec suite et rapidité. Comme on pouvait s'y attendre, le prince de Bade répond à cette nouvelle menace de débouché en décidant de porter son armée sur les hauteurs en face de Neuenbourg. Le mouvement est commencé dans la soirée du 13, l'infanterie quitte ses lignes fortifiées dans la matinée du 14. C'est le moment que Villars attendait avec toutes ses forces massées pendant la nuit : l'infanterie dans l'île et dans les tranchées; la cavalerie dans le lit presque à sec du petit bras du Rhin.

A la première heure, seize compagnies de grenadiers se jettent sur la gauche des retranchements ennemis vides d'infanterie. Elles les occupent et s'y établissent en pivot. Sur leurs talons, la cavalerie accourt à fond de train, tournant la redoute, montant sur la seconde plaine et se formant sur deux lignes, face au Nord, sa gauche aux grenadiers. Derrière ces deux lignes, l'infanterie formée en colonnes serrées pour réduire sa longueur, traverse la plaine, se hâte aux montagnes, aborde l'éperon et le plateau de Tullingen, monte à travers les vignes et couronne les hauteurs. Jusqu'ici grâce à toutes les précautions prises, aux nombreux préparatifs réalisés, comme aux ordres bien établis, l'opération s'est développée comme un ballet parfaitement réglé, sans difficulté même aux points critiques, sans surprise, sans un coup de canon et sans aucune résistance de l'ennemi. Celui-ci a son son attention et son activité reportées depuis deux jours du côté de Neuenbourg. Et Villars n'a lâché son attaque qu'après s'être assuré que le prince de Bade marchait bien vers cette ville. C'est néanmoins plusieurs heures qu'a exigées le déploiement de l'armée française.

Le prince de Bade, orienté sur Neuenbourg, mais reconnaissant enfin son erreur, rabat au plus tôt ses escadrons face à la cavalerie française ; il ramène ou maintient sur les hauteurs de Tullingen ses arrière-gardes d'infanterie et ce qu'il peut réunir de ses colonnes en marche.

Au milieu de ces tardives improvisations de l'ennemi, l'infanterie française a engagé le combat sur les hauteurs. Elle enlève les bois qui couvrent le plateau, puis s'emportant dans une course désordonnée à la sortie, s'y fait ramener, quand Villars, se jetant au milieu des égarés un drapeau à la main, rétablit l'ordre et la fuite en avant. En même temps, la cavalerie allemande, sitôt prête à l'attaque, s'est ébranlée avec ses cinquante-six escadrons. Elle se voit froidement reçue par la cavalerie française qui, pour se soustraire aux canons du château de Friedlingen, l'attend à deux cents pas, la charge de ses quatre mille chevaux, la rompt dans un choc terrible, la rejette à la Kander puis vient se reformer méthodiquement en arrière. Mais Villars courant de l'infanterie à la cavalerie arrive la relancer sur les escadrons ennemis qui tentent de se réunir.

La bataille est gagnée, l'armée impériale se retire, laissant sur le champ de bataille canons, drapeaux, pertes nombreuses. La victoire allait avoir un grand retentissement, l'armée française avait bien retrouvé un chef digne d'elle.

Sûr de sa voie, quelle maîtrise Villars n'a-t-il pas déployée dans la largeur et la souplesse de sa conception, le soin de sa préparation, la sûreté de sa méthode, la vigueur et la promptitude de son exécution ! Jusqu'au dernier moment, il s'est réservé la possibilité de déboucher en bonne forme, soit à Neuenbourg, soit à Huningue ; il n'a lancé son attaque par Huningue, le 14 au matin, qu'après s'être assuré, dès le 13, que l'ennemi marchait bien sur Neuenbourg. Mais, à partir de ce moment, quelle prestesse, quelle célérité, pour franchir le Rhin avec son armée, l'établir face au Nord suivant le terrain, et la lancer en une attaque bien ordonnée sur un ennemi empêtré dans un rétablissement improvisé et dont les dispositions sont ainsi constamment devancées.

C'était bien là du grand art. Seul, sans chef immédiat, porté par son naturel à comprendre et à pratiquer l'offensive que lui prescrivait Louis XIV, sûr par là de la ligne de conduite à tenir, il avait magistralement vaincu. Par la suite, sa valeur militaire ne se démentira pas. Il réussira moins dans les ententes à établir avec l'électeur de Bavière ; il se montrera incapable de vivre en bonne intelligence avec ce prince. C'est cependant une nécessité absolue d'arriver à s'accorder toujours avec un allié : il sera bientôt rappelé de son commandement.

En 1709, nous le trouvons en Flandre. Quoique peu disposé à la guerre défensive, Villars s'est mis à faire de « belles lignes ». Il a fermé la frontière d'une barrière continue de la mer à la Bassée et de la Bassée à l'Escaut en longeant la Scarpe.

La situation de la France est de plus en plus critique. Le froid, la misère, la famine ont répandu la désolation ; les armées sont décimées par la faim et la désertion.

Nos ennemis, triomphant sous Marlborough et Eugène, ont reconduit nos troupes du cœur de l'Empire aux frontières du royaume ; ils comptent dans l'année les rejeter aux portes de la capitale. Mais une série de surprises les attend. Ils échouent devant les lignes de Villars, à Lens, à Estaires, tant elles sont bien fermées, gardées, soutenues. Ils reprennent la guerre de siège toujours sans conséquence décivise et attaquent les places encore en notre possession de Tournai et de Mons. Louis XIV, rendu prudent par les échecs des campagnes précédentes, toujours préoccupé de la pensée de renouer des négociations, ne veut pas risquer inutilement sa dernière armée. Il préfère différer la bataille que de rechercher une décision par les armes qui peut être fatale. A continuer de se défendre derrière les lignes, l'Etat peut durer encore plusieurs mois, même au prix de places perdues ; à reprendre l'offensive, il peut trouver le coup de grâce. Aussi, aux propositions plus entreprenantes de Villars, répond-il : « Quoique je vous aie... laissé la liberté d'aller attaquer l'ennemi, j'estime qu'il vaut toujours mieux n'être pas forcé de chercher l'occasion du combat. » C'était l'Etat qui écrivait par sa plume, après avoir mesuré la faiblesse de ses ressources et jugé la méthode ralentie de l'adversaire : la conquête des places.

Villars, qu'anime une ardeur toute guerrière, a assuré à son armée quelque subsistance. Il lui a surtout rendu la sécurité et la confiance. Mais, toujours angoissé des difficultés de la faire vivre, mieux vaut, pense-t-il la jeter dans une bataille que de la voir se consumer dans l'inaction et la misère. Dès lors, il cherchera l'occasion de livrer cette bataille, dût-il la recevoir au lieu de l'engager, pour ne pas transgresser les réserves du roi. Il se tient par là à la lettre des instructions royales, il en omet l'esprit. Il ouvre la porte aux compromis avec la conscience. Quand et comment pourra-t-il la refermer ?

Une pareille réticence à la base du projet, résultant d'une compréhension insuffisante de la situation politique et se traduisant en une divergence de vues avec le souverain, pourra-t-elle laisser au chef la liberté d'esprit que réclame toujours la conduite des opérations de guerre et va-t-elle conduire au succès ? Quoi qu'on en dise, la victoire comporte toujours une saine et entière manière de penser du chef, seule capable d'animer et de poursuivre une violente et précise exécution des troupes.

Comme presque tous les théâtres d'opérations des Flandres, le champ de bataille est ici conditionné par des cours d'eau et des bois ; l'Escaut coulant du Sud au

Nord par Denain, Condé, Tournai ; la Haine coulant de l'Est à l'Ouest de Mons vers Condé, où elle tombe dans l'Escaut ; la Trouille coulant du Sud au Nord, de la région de Maubeuge vers Mons, où elle tombe dans la Haine. En diagonale, du Sud-Est au Nord-Est, de la Haute-Trouille à la Basse-Haine, une longue région boisée couvre Mons à plus de vingt kilomètres. Elle présente deux trouées : celle de Malplaquet dans la partie Sud ; celle de Boussu dans la partie Nord aux abords de la Haine.

Sans être plus fixé sur les possibilités d'une opération heureuse, Villars ébranle son armée en direction de Mons, le 6 septembre. Encore maître de cette ville il compte y appuyer sa droite et franchir alors la Haine, qui sépare les deux armées pour frapper, avec le gros de ses forces, Marlborough en marche sur Mons. Le 7 au soir, il a parcouru les deux tiers de la distance de Mons ; il est devant la région boisée quand, apprenant l'approche de l'ennemi, il se décide à s'arrêter pour serrer ses colonnes. C'est le travail du 8. Le 9, il repart, car il n'y a pas de temps à perdre, s'il veut tomber sur un ennemi encore mal formé. En conséquence, un fort détachement remontant la Haine s'engage par la trouée de Boussu. Il vient porter sur d'importantes forces ennemies et s'arrête sans résultat. Le gros de l'armée déployée en quatre colonnes aborde la trouée de Malplaquet, pour la traverser et marcher au plus court vers Mons ; quand brusquement à dix heures du matin, toute l'armée est arrêtée par ordre de Villars. Les agissements de l'ennemi ont naturellement motivé ce violent coup de frein. Que s'est-il passé ?

Marlborough a poursuivi sa guerre de siège avec la plus grande décision et la même prudence. Maître de Tournai, c'est Mons qu'il a visé. Dès le 3 septembre, à peine Tournai rendu, il a jeté une avant-garde sur Mons, il a porté sans retard son armée, il s'est fait suivre d'Eugène et a pressé l'investissement de la place. Puis, apprenant les mouvements de Villars commencés le 6, il a franchi la Haine et a couru se mettre en bataille devant Mons pour en couvrir l'investissement. Le 8 il a rassemblé et réuni ses forces dans l'angle de la Haine et de la Trouille. Décidément Villars est devancé et par là son plan tombe ; Mons désormais lui fait défaut pour appuyer sa manœuvre mais en outre ce n'est plus une armée présentant le flanc qui s'offre à ses coups. Elle lui fait face, elle est en état de marcher sur lui d'un moment à l'autre. Tel est le tableau qui frappe ses yeux dans la matinée du 9. C'est une grande bataille à livrer à un adversaire jusqu'ici victorieux et sans avoir sur lui aucun avantage marqué. A ce moment sans doute, lui apparaît la faiblesse de sa conduite ; son plan, sans fondation solide, s'est effondré devant une saine tactique, méthodiquement suivie et énergiquement pratiquée. En tout cas, il s'agit au plus tôt de sortir de l'impasse où il se trouve. Au projet informe, la recherche d'une occasion favorable qui ne s'est pas présentée, il faudrait sans retard substituer un plan qui permît de résister avantageusement à un ennemi en bonne forme et capable d'agir d'un moment à l'autre.

Si l'on a perdu la direction des événements, faute de netteté de vue, encore faudrait-il ne les subir que sans désastre, ce qui comporterait l'organisation immédiate d'une puissante défensive. Mais un nouveau plan d'action pour une armée de 90.000 hommes exige tout d'abord chez le chef un changement d'état d'esprit. Dans un ordre d'idées particulier, c'est pour lui un autre système à monter avec l'ensemble de ses forces, à traduire en des dispositions nouvelles, à communiquer, à inculquer enfin à tous les exécutants, à réaliser sur le terrain par des organisations défensives et une répartition des troupes appropriées. C'est dire le temps que demandent par elles-mêmes une pareille évolution des esprits, et une telle transformation des dispositions matérielles. En présence d'un Marlborough, Villars aura-t-il ce temps ? La proximité seule de l'ennemi ne suffira-t-elle pas déjà à jeter dans ses redressements improvisés le trouble et l'erreur, d'un insuccès certain funestes avant-coureurs ?

En fait, l'armée française, brusquement arrêtée le 9 dans sa manœuvre offensive, travaille à se fortifier le 10. Elle est attaquée le 11, sa gauche est rejetée par un violent assaut. Villars est emporté du champ de bataille grièvement blessé, mais la droite tient encore. Autour de ce point solidement fixé, le commandement français peut encore rétablir sa fortune s'il fait agir une forte réserve, argument suprême de toute défense, en saisissant l'instant toujours critique où l'attaque victorieuse poursuit des succès que la violence même de l'effort a rendus momentanément désordonnés. Ici, rien de tel ne se produit. Il n'y avait pas de réserve prévue et il n'y avait plus de commandement pour en constituer à la hâte. Décidément la bataille défensive avait été incomplètement organisée. L'échec était notable ; Mons tombait quelques semaines plus tard.

En présence d'une forte coalition, menée par des Marlborough et des Eugène, sauver par la seule puissance d'une armée déjà lourde, grâce à son talent de manœuvrier et à son génie de l'à-propos, une situation politique exigeant les plus grands ménagements, même aux yeux du hautain Louis XIV, avait dépassé la taille de Villars. Au moment d'agir, les risques de l'entreprise s'étaient dressés devant lui pour en augmenter les difficultés déjà sérieuses cependant, pour réduire sa valeur militaire, et par là la nature et la portée de ces décisions. L'incertitude puis le désarroi de la conscience avaient préparé la détresse de l'esprit et de la volonté ! Sans parler du caractère, seul capable de garantir dans les circonstances graves de la liberté et l'équilibre du jugement, retenons qu'une intelligence plus exacte des besoins de l'Etat s'imposait déjà au commandement et créait cette nécessité que la guerre nationale a accentuée de nos jours de son entente complète avec le Gouvernement.

Trois ans plus tard il aura une compréhension plus entière de son devoir. Il allait à Denain sauver la France.

Retenu d'abord par sa blessure, puis par les instructions du roi, derrière la frontière artificielle qu'il a organisée, en vain a-t-il rêvé d'invasion, de chevauchées en Allemagne. Louis XIV l'a maintenu en Flandre.

Si l'Angleterre se retire progressivement de la coalition, le prétendant au trône d'Espagne, l'archiduc Charles, étant devenu empereur, l'Empire et la Hollande n'ont pas désarmé. Avec les temps sont venus à la France des calamités grandissantes, une misère et une désolation sans précédent, à la famille royale des épreuves répétées, leçons de haute morale et par là source de grandeurs pour qui sait les comprendre. Le roi et Villars vont y trouver leur ligne de conduite, il en sortira le salut de la France. A Villars, venant en avril prendre congé de lui, le vieux roi en pleurs de confesser : « Vous voyez mon état, monsieur le maréchal, il y a peu d'exemple de ce qui m'arrive et que l'on perde dans le même mois son petit-fils, sa petite-fille, et leur fils, tous de très grande espérance et très tendrement aimés. Dieu me punit, je l'ai bien mérité, j'en souffrirai moins dans l'autre monde. » Puis, se redressant : « Laissons ces malheurs domestiques et voyons à prévenir ceux du royaume. Je vous remets les forces et le salut de l'Etat... », et après avoir consulté Villars : « Je sais les raisonnements des courtisans. Presque tous veulent que je me retire à Blois si mon armée était battue. Pour moi je sais que des armées aussi considérables ne sont jamais assez défaites pour que la plus grande partie de la mienne ne pût se retirer sur la Somme, rivière très difficile à passer. Je compterais aller à Péronne ou à Saint-Quentin, y ramasser tout ce que j'aurais de troupes, faire un dernier effort avec vous, et périr ensemble ou sauver l'Etat. »

Que d'intelligence et d'énergie dans cette appréciation des choses de la guerre et dans cette décision du roi ! Par une résolution si éclairée, Villars devait être fixé.

Son armée s'étend du Crinchon près d'Arras à Estrun sur l'Escaut, couverte par la Scarpe et le Sauzet. L'Angleterre, après avoir parlementé, se retire bientôt de la guerre à la condition d'occuper Dunkerque. Mais il reste à la coalition les forces de l'Empire et des Pays-Bas avec la majorité des contingents allemands jusqu'alors à la solde de l'Angleterre. Il lui reste surtout pour la conduire le prince Eugène. Renonçant à la conquête lente et méthodique des places de Condé, de Valenciennes, sur sa droite, de Charleroi, de Maubeuge sur sa gauche, il n'attaquera que celles qui sont nécessaires à sa marche en avant : Bouchain pour tenir le Haut-Escaut, Landrecies pour tenir la Sambre, Le Quesnoy pour ouvrir l'intervalle entre ces deux rivières, c'est-à-dire sa route. Ces points réglés, il veut par une campagne décisive achever son adversaire déjà ébranlé, porter la guerre devant Paris, par les plateaux entre Sambre et Escaut.

Il n'y rencontrera, pense-t-il, que la petite bicoque de Guise. C'était bien là un commencement de guerre napoléonienne : ne tenir compte des places que dans la mesure où elles barrent la route poursuivie. Heureusement, Eugène arrêtait là sa doctrine, sans prendre comme premier objectif l'armée ennemie. C'était dès lors manœuvrer bien à l'aise et traiter avec trop de sans-gêne une armée qu'il n'avait pas battue cependant depuis Malplaquet et que la prudence seule avait retenue dans l'immobilité des derniers temps. Avec un Villars, grandement éclairé sur ses devoirs par la déclaration de son roi, elle allait témoigner de sa force et de sa valeur. Une fois de plus un mépris inconsidéré de l'adversaire ne pouvait rester impuni.

Le terrain est ici caractérisé par la Sambre qui passe à Landrecies, par l'Escaut qui coule parallèlement et à près de quarante kilomètres de distance, laissant Denain sur sa rive gauche ; par deux vallées transversales, celle de l'Escaillon et celle de la Selle dont les eaux tombent dans l'Escaut. En juillet, Eugène s'est établi avec le gros de ses forces sur l'Escaillon pour couvrir le corps de siège de Landrecies, un autre de ses corps assure à Denain les communications avec son principal magasin établi à Marchiennes, à plus de soixante kilomètres de Landrecies. Tandis que Villars hésite, le roi l'invite à faire tout son possible pour empêcher Landrecies de tomber. Dès lors, sûr de l'attitude à prendre, certain qu'il lui est demandé d'agir, il montre sans retard comment il sait le faire.

Le 22 juillet, il est au Cateau-Cambrésis en marche sur Landrecies avec des reconnaissances sur son front. Progressivement, la situation s'éclaire devant lui. Il ne peut viser à atteindre Landrecies que par la rive droite de la Sambre et au prix d'une bataille préalable sur la rive gauche ; or, d'après les renseignements obtenus, aborder l'ennemi dans ses positions retranchées de cette rive est une opération grosse d'efforts et d'une issue douteuse. Denain, sur la rive gauche de l'Escaut, est un point important de la ligne de communication de l'ennemi entre Landrecies et Marchiennes, dont la chute aura d'importantes conséquences. Mais cet événement dépasse les possibilités d'un simple détachement, rapportent les reconnaissances ; enlever Denain exige des forces sérieuses ; il faudra y appliquer le gros de l'armée en bonne condition, frapper énergiquement et avant que l'ennemi ait pu s'y renforcer. A ce prix, le résultat paraît certain.

Dans la soirée du 22, Villars semble avoir pris son parti, mais il le garde pour lui. Bien plus, c'est une grande activité qu'il déploie devant Landrecies ; le 23 au matin, toute l'armée se masse au bord de la Sambre, on y construit bruyamment des ponts, des détachements jetés sur la rive droite ouvrent des chemins de colonnes, des passages pour l'artillerie et réunissent des fascines. A l'égard de la cour, Villars témoigne d'une hésitation persistante quand, brusquement, après-midi, il envoie ses hussards battre la plaine vers l'Escaut, tenir les passages de la Selle, arrêter les coureurs de l'ennemi, lui interdire toute reconnaissance, au total répandre le brouillard sur la région qu'il compte aborder. Puis, dans les premières heures de la soirée, il expédie à son armée des ordres de mouvement à exécuter sans retard. L'armée entièrement disposée pour attaquer sur la Sambre à l'Est va rapidement se transporter sur l'Escaut, à 30 et 40 kilomètres à l'ouest, couverte par la Selle que tiennent les hussards. Les équipages de pont sont en tête des colonnes. Toute la nuit, dans le plus grand ordre, se poursuit la marche. A 6 heures du matin commence la construction de trois ponts. Aussitôt terminée, la cavalerie franchit la rivière et va couper les communications de Denain avec Marchiennes. L'armée la suit, hâtée par Villars aux ponts. Elle se forme face à Denain.

Eugène n'a pas pris au sérieux les mouvements des troupes françaises vaguement aperçus dans la matinée. Il ne peut croire à un complet réveil de Villars. Vers midi, au camp de Denain, devant l'évidence cependant, l'armée française entière passant l'Escaut, il comprend enfin son erreur. Il prescrit au corps qui occupait le camp de résister à tout prix et ordonne à ses gros d'accourir au plus vite. C'est plusieurs heures, quatre, cinq ou six, suivant la distance d'où partent les troupes, qu'il leur faudra pour s'engager. Pendant ce temps, Villars et son armée, animés de la plus belle ardeur devant le but si proche, précipitent leurs préparatifs, enlèvent le camp, et, courant aux ponts de l'Escaut, en aval de Denain, interdisent ainsi le passage aux troupes d'Eugène. Le corps de Denain est pris ou détruit. De la rive droite de l'Escaut, sans pouvoir intervenir dans la lutte, Eugène contemple impuissant son désastre. Il n'a plus qu'à ordonner la retraite. Surpris et désemparé dans ses combinaisons et son système de communications, il doit se retirer et au plus vite. C'est qu'en effet Villars, exploitant son succès sans trêve, aborde Marchiennes, magasin principal de l'ennemi, le soir même de la bataille et en moins de six jours récupère les garnisons des places qui tiennent encore, reprend les pays de la rive gauche de l'Escaut, double les pertes de l'ennemi et porte dans ses rangs le désarroi à son comble. Quelques semaines après, la France avait retrouvé ses frontières du Nord ; les murs endeuillés de Versailles se paraient de plus de soixante drapeaux conquis.

Une fois de plus, la bataille se gagne bien avec les jambes des soldats, mais encore faut-il qu'un commandement avisé et actif ait judicieusement choisi et fixé le but à poursuivre.

Fort de l'avis du roi : agir pour sauver l'Etat, Villars a visé nettement un point vital du système ennemi. Le moment venu, il s'y présente sans hésitation, dans des conditions de prudence qui excluent le désastre en cas d'échec, des conditions de force qui en assurent l'enlèvement, selon toute prévision ; et des conditions de temps qui interdisent à l'ennemi d'intervenir sérieusement. Arrivé sur le terrain qu'il a choisi, il limite et ferme à son profit le champ de bataille par l'emploi de l'Escaut ; il y poursuit et obtient ainsi une décision par les armes qui restera sans appel, il l'exploite sans répit d'où les grands résultats qu'elle entraîne.

La bataille ainsi menée s'appelle Denain. Mais la bataille se perd avec les mêmes soldats, dans une marche à l'aventure, à la simple recherche d'une occasion militaire favorable, sans une nette compréhension tout d'abord de la situation politique ; c'est alors Malplaquet. Les rapports de la politique et de la guerre étaient déjà trop étroits pour que ces deux activités puissent s'ignorer. Chaque jour ils le deviennent davantage, et de même qu'un gouvernement ne peut avoir dans la paix que la politique de son état militaire, de même une armée, quand elle entre en campagne, ne peut avoir qu'une attitude et une tactique : celles correspondant à la politique jusqu'alors pratiquée par l'Etat. C'est ainsi qu'après une longue politique de paix et de simple défense du pays, il est difficile à l'armée de ce pays d'entrer en action par l'offensive. Le gouvernement de cette politique ne l'a pas dotée des moyens formidables, indispensables cependant à toute attaque. Pour des raisons analogues, les armées seules capables de débuter par de larges offensives de style napoléonien, sont celles de gouvernements atteints d'impérialisme, avides de conquêtes, à politique agressive, parce que seuls ils ont pu imposer au pays la charge des préparatifs nécessaires, notamment l'organisation des réserves et du gouvernement lui-même.

En tout cas, Vogüé avait déjà compris qu'en nos temps de luttes nationales et de soldats citoyens, il faut, avant la guerre, développer l'amour de la patrie au cœur du combattant. Il ne naît pas au jour du danger ; il est fait du passé et des besoins de la nation, de l'attachement du citoyen au sol. C'est un sentiment à renforcer dans la paix, et l'agriculture en est un moyen.

« Pour l'agriculteur, la patrie se confond avec la terre qu'il féconde par son travail, avec le champ qui nourrit sa famille ; il y est attaché par tous les liens qui l'unissent à la terre, par toutes les racines qui le fixent au sol. » Si la patrie c'est le sol, l'agriculteur le sent mieux que personne, et son attachement à la cause du pays n'en est que plus profond. Le paysan de France n'a-t-il pas fourni un des éléments les plus riches et les plus solides de nos armées ? La terre est, en outre, ce vaste laboratoire où se prépare l'aliment le plus indispensable à l'homme, le pain, et, dès lors, les esprits éclairés ne doivent-ils pas s'appliquer à en augmenter le rendement pour réduire les besoins du pays à l'égard de l'étranger ? C'est affaire de savoir, de méthode, de travail, de soutien financier appropriés ; c'est une part d'intelligence et d'efforts de plus en plus large à consacrer à l'agriculture.

Tels sont les grands intérêts que Vogüé prend en main. Attacher plus de Français à leur terre, fournir au pays plus de moyens de suffire à ses besoins, en améliorant sa production agricole.

Pour cela, il assume la présidence de la Société des Agriculteurs de France dont son père avait été l'un des fondateurs, ce père dont le dernier vœu était : « Ce que je voudrais qu'il restât après moi de ma mémoire, c'est que l'on dise en parlant de moi : il a fait travailler les ouvriers. » La tradition familiale oblige.

Depuis longtemps d'ailleurs, après un nouveau voyage en Orient, lors de l'inauguration du canal de Suez, en 1869, sentant venir l'orage, Vogüé avait fondé avec d'autres natures généreuses la Société de secours aux blessés militaires. Dès 1870, il relevait à Reichshoffen son frère mortellement frappé. La vue des misères des champs de bataille avait allumé en lui une charité désormais inlassable ; il la pratiquait à Strasbourg et à la Loire. D'abord vice-président de la société, il en sera bien bientôt et jusqu'à la fin de sa vie le président. Grâce à la générosité patriotique du pays, elle prendra cet essor grandiose qui lui permettra dans notre grande guerre de rendre des services inappréciables.

C'est qu'en effet, dans les batailles souvent longues de plusieurs jours livrées par nos formidables armées, les blessés jonchent le terrain par dizaines de mille. Recueillir, évacuer, hospitaliser, traiter ces nombreuses victimes constituent des nécessités immédiates dépassant par leur grandeur et au prix de quelles souffrances chez les blessés, les prévisions, ou au moins les ressources de l'armée si les initiatives privées ne venaient apporter une aide puissante. Qu'il nous suffise de rappeler qu'en France la seule Société de secours aux blessés militaires, sous sa direction immédiate, tenait à la fin de la guerre 802 hôpitaux avec 70.000 lits, sans parler de 78 infirmeries de gares, de nombreuses cantines et convois automobiles; qu'elle a soigné plus de 780.000 blessés et dépensé 227 millions. Quelle plus belle œuvre de charité pouvait exciter l'activité de Vogüé ? Jusqu'à son dernier jour, il restait pour sa Société de secours aux blessés un guide sûr, un conseiller toujours écouté, un chef éminent.

Comme on le voit, Vogüé se dépensa constamment pour mobiliser et mettre en action les forces et les capacités de toute nature qui augmenteront la puissance totale de son pays. En présence de l'entraînement de la société moderne dans les mouvements nouveaux, la question se pose-t-elle de savoir la place qu'y doit prendre la noblesse, s'abstenir ou participer, il n'hésite pas à répondre. Après avoir établi que la noblesse n'est plus le corps politique d'autrefois, ayant certains droits et certains devoirs, qu'elle n'est pas davantage cette masse confuse et amorphe, encombrant de titres plus ou moins authentiques les livres d'adresses mondaines, mais en limitant l'appellation aux noms et aux familles qu'une tradition analogue de services rendus rattache au passé de la France, il dicte leur devoir à ceux qu'arrêtent encore des scrupules respectables, la crainte de déroger, de manquer à la tradition dont ils se réclament, qui répugnent à affronter les vexations, les violences, les obstacles dressés sur leur route par l'ostracisme intéressé des parties : « Sans hésiter, dit-il, je conseille à ceux-là d'écarter leurs scrupules, de vaincre leur répugnance, de se jeter dans la mêlée la tête haute et le cœur vaillant. » Loin de manquer à la tradition, ils la continueront. Elle est faite de services rendus ; ils la poursuivront en s'efforçant de rendre les services appropriés aux conditions nouvelles de la vie. Si les fonctions publiques leur sont fermées, bien d'autres champs s'ouvrent à leur activité généreuse : « Les lettres, les sciences, l'agriculture, l'industrie, les œuvres charitables, les institutions de prévoyance, offrent l'occasion de se mêler à l'effort commun, de participer à la vie nationale, d'ajouter au patrimoine moral et matériel du pays, de contribuer à la défense de ses intérêts essentiels, de travailler utilement à l'apaisement social. » Là, reste bien toujours l'objet à viser, là, se marque bien le devoir de chacun.

Mais s'il prescrit à tous d'agir pour grandir le pays, il est aussi net sur la ligne à suivre dans ce but, c'est la ligne droite : « Quand je conseille aux jeunes hommes auxquels je m'adresse d'entrer dans le mouvement contemporain, c'est avec la conviction qu'ils resteront fidèles aux lois de l'honneur et du bon sens ainsi qu'au respect de leur nom. Quand je les invite à se mêler au mouvement intellectuel, au mouvement industriel, au mouvement social qui caractérisent notre époque, je n'entends pas qu'ils puissent prêter ou vendre leur nom à des entreprises douteuses ou mal conçues, je les invite à prendre une part effective au travail honnête et sérieux, à y apporter les qualités qu'ils tiennent de leur origine et de leur éducation, à y tenir leurs traditions de moralité, de délicatesse, de générosité. »

Que n'aurait-il pas écrit aujourd'hui en présence d'une France aux blessures encore saignantes, privée de quinze cents mille de ses enfants, tombés à la fleur de l'âge, contrainte à reconstituer ses principales activités ! Quels exemples il aurait réunis et de quel langage il aurait retracé les éléments encore incertains ou inactifs de notre vieille société pour leur crier à tous : « Au travail, et au plus tôt, c'est le devoir ! » Cette notion du devoir, il l'assure de ce qui fut la règle constante de sa vie, parce qu'elle a été la caractéristique de ses ascendants et qu'elle doit rester celle de ses descendants : « La probité légendaire de Vogüé », et il entend : « qu'elle a le sens le plus large, qu'elle ne vise pas seulement la vulgaire probité d'argent naturelle aux âmes bien nées, mais la probité souvent plus difficile de l'esprit et du cœur, la probité intellectuelle, la probité scientifique, la probité politique, c'est-à-dire le souci réfléchi de la vérité et de la justice, qui soumet à un contrôle rigoureux les mouvements et les manifestations de la pensée, les actes de la vie privée et publique, les jugements portés sur autrui et qui, s'il n'est pas toujours accompagné du succès, assure du moins les joies intimes de la conscience satisfaite, et par surcroît, le respect, l'estime et la sympathie. »

Pour célébrer le nom de votre éminent confrère dans cette enceinte, on eût pu puiser plus largement dans ses œuvres ; les justifications littéraires n'auraient pas fait défaut. Vous voudrez bien souffrir qu'au lendemain de la guerre la plus violente de l'histoire, devenue victorieuse, grâce aux qualités héréditaires de notre race, on ait retenu celle qui fut la plus féconde en résultats : la volonté, le caractère ; qu'on l'ait vu dominer toute la vie de Vogüé entièrement consacrée au pays ; que par là l'homme nous reste un modèle de grand Français, particulièrement éminent en ce que, dans une entière droiture, une constante fidélité à sa large et jalouse probité, ce programme d'une vie consacrée à la grandeur de la France par son œuvre faite de générosité, et gardée de tout mirage, sans fracas, comme sans réclame, il le réalisa.

Discours de M. Poincaré.

MONSIEUR,

L'usage de notre Compagnie veut que je vous dise : « monsieur », et je sais que les vieilles coutumes ne sont pas pour vous déplaire. J'éprouve cependant quelque embarras à vous dépouiller ici d'un titre dont j'ai été le premier à vous saluer, que vous portez avec éclat et qui est, au demeurant, d'assez bonne tradition française. Au risque de faire, pour une fois, un coup d'Etat académique, je préfère donc, monsieur, vous appeler aujourd'hui, comme hier et comme demain, « monsieur le maréchal ».

Nul mieux que vous, monsieur le maréchal, n'était à même de ranimer devant nous la noble figure de M. le marquis de Vogüé. Par l'intelligence et par le cœur, vous appartenez, lui et vous, à la même famille. Il a été, dans les premiers temps de la guerre, un des auxiliaires les plus diligents des armées dont vous êtes devenu le chef glorieux. Il a personnifié les vertus patriotiques de cette France de l'arrière qui, par son esprit de sacrifice et de résolution, a si puissamment soutenu l'effort héroïque de nos soldats. Je me appelle les conversations que j'ai eues avec lui, aux heures d'angoisse dans quelques-uns de ces hôpitaux dont il surveillait l'installation avec tant de sollicitude. Ni son grand âge, ni le voile qui était tombé sur ses yeux n'avaient changé son âme. Il dépensait, sans compter, une ardeur que les plus jeunes lui eussent enviée. Président de la Société de secours aux blessés, président du comité central de la Croix-Rouge, il avait contribué à mobiliser ces bataillons de la charité, à qui vous avez rendu, monsieur le maréchal, un hommage si mérité. Mais il était de ceux qui trouvent que rien n'est fait, tant qu'il reste quelque chose à faire, et il m'exposait ses vœux avec une énergie de conviction à laquelle il était impossible de résister. Lorsqu'on entendait ce beau vieillard parler de la France, des trésors de générosité qu'elle renferme, des élans dont elle est capable, on comprenait que sous son inspiration, nos trois sociétés d'assistance aux blessés fussent constamment prêtes à donner, jusque sous le feu de l'ennemi, l'exemple de ces qualités nationales. Il est mort au milieu de la guerre, sans avoir eu la joie suprême d'assister à la victoire, mais sans avoir jamais douté, et il a pu se dire avec assurance que rien de ce qu'il avait créé ne disparaîtrait avec lui.

Toute sa vie a été embellie par cette sereine confiance qu'il n'a cessé d'avoir dans les destinées du pays. Voyageur, archéologue, diplomate, historien, industriel, agriculteur, il donne les formes les plus diverses à son acvité, dans chaque emploi qu'il en fait, il a d'abord en vue les intérêts permanents de la France. Tout jeune, il part pour l'Orient. Curiosité de chercheur ou d'artiste ? Enthousiasme juvénile ? Entraînement romantique ? Oui sans doute, mais, en même temps, désir patriotique de suivre en Asie-Mineure les traces de nos ancêtres et d'y encourager nos établissements séculaires. Lorsque, pendant la guerre, il prête au comité de Syrie une collaboration passionnée, il continue à quatre-vingt-six ans l'œuvre qu'il a commencée à vingt-cinq et dont il ne s'est jamais détourné. S'il déchiffre des inscriptions, s'il fouille, en Terre Sainte ou sur la rive droite de l'Oronte, les décombres amoncelés par les âges, il apporte à ses patientes recherches les méthodes du savant et la ferveur du chrétien ; mais il avoue à Renan que le principal attrait de l'Orient a été, à ses yeux, le souvenir impérissable de nos aïeux et de leur valeur militaire. Le grand soldat qui commande actuellement les troupes françaises en Syrie et qui fut, dans la guerre, un de vos meilleurs lieutenants, le général Gouraud, peut constater tous les jours que des expéditions scientifiques comme celle du marquis de Vogüé n'ont pas été sans augmenter en Asie-Mineure notre renommée et notre prestige. Un archéologue qui se penche sur des stèles ou des colonnes brisées pour y retrouver ce que les croisés ont porté de notre art en Orient, un général qui, pour protéger les populations indigènes, arbore les trois couleurs dans les régions lumineuses où a flotté le drapeau fleurdelisé, ce ne sont pas des hommes qui suivent des voies différentes ; ce sont deux Français qui, sur un sol antique, profondément pénétré de notre influence, élèvent un monument immortel à la gloire de leur patrie.

Nommé, au lendemain de 1870, ambassadeur en Turquie, M. de Vogüé va y avoir, comme ses pères, la fierté et la joie de servir. Il avait débuté tout jeune au ministère des Affaires étrangères ; il avait été attaché d'ambassade à Pétrograd, il avait parcouru la plus grande partie de l'empire ottoman ; M. Thiers avait pensé que la compétence n'était pas nécessairement un défaut chez un plénipotentiaire et il avait envoyé M. de Vogué à Constantinople. Vous avez écrit quelque part, monsieur le maréchal : « La réalité du champ de bataille est qu'on n'y étudie pas. Simplement, on fait ce que l'on peut pour appliquer ce qu'on sait. Dès lors, pour pouvoir un peu, il faut savoir beaucoup et bien. » La diplomatie, elle aussi est une stratégie ; M. de Vogüé en connaissait la technique et il ne s'en est pas mal trouvé.

De Constantinople il est envoyé à Vienne. Il voit le comte Andrassy tourner peu à peu vers l'Orient la politique extérieure de la monarchie, et dès 1876, il annonce qu'en cas de conflit, le gouvernement austro-hongrois cherchera à mettre la main sur la Bosnie et l'Herzégovine. Bientôt, en effet, l'Autriche réclame le droit d'occuper et d'administrer Mostar et Sarajevo et l'Europe, assemblée à Berlin, consacre solennellement une injustice qui est le point de départ de toute une série d'attentats à la volonté des peuples. L'occupation de 1878 prépare l'annexion de 1908 ; l'annexion suscite l'appétit de l'Empire dualiste et la diplomatie austro-hongroise, de plus en plus engagée dans les affaires balkaniques, arrive à vouloir traiter comme un pays vassal cette Serbie dont nous avons éprouvé, pendant quatre ans, la vaillance et la fidélité. Enchaînement fatal qui, d'une iniquité, a conduit la monarchie danubienne à une catastrophe et qui vous a finalement permis à vous-même, monsieur le maréchal, de donner à la souveraineté du droit une assez belle revanche.

Je crois deviner cependant qu'il ne vous déplaît pas trop que M. de Vogüé ait quitté la carrière et réservé ses loisirs à l'histoire. De toute son œuvre, c'est sa très belle étude sur Villars qui vous a le plus attiré. Non pas que vous vous jugiez en mesure de décider si l'illustre maréchal a eu tous les vices que lui prête Saint-Simon ou toutes les vertus que lui reconnaît son dernier biographe. Ce qui, en Villars, vous intéresse le plus, ce n'est pas la complexité de son caractère, ce sont ses talents militaires, ses campagnes et ses victoires ; et il était inévitable que vous fussiez tenté d'étudier les batailles de Friedlingen, de Malplaquet ou de Denain, comme vous avez fait jadis de Gravelottes et de Borny. Après votre démonstration, Saint-Simon lui-même n'oserait plus dire de Villars qu'il n'a été qu'un « enfant de la fortune » et que seul un infatigable bonheur lui a valu son nom retentissant. Ces sortes de bonheur ne s'attachent guère qu'à ceux qui les savent chercher, découvrir et fixer.

Mais les combats qui ont fait le renom de Villars n'étaient, monsieur le maréchal, que de légères escarmouches, auprès de ceux que vous avez livrés ; et s'il est vrai, comme le prétend Saint-Simon, qu'il était incapable de régler les marches, les convois et les subsistances, il aurait été pour vous, ces années dernières, un assez pauvre collaborateur. Quant à vous, il y a longtemps que vous vous étiez préparé aux prodigieuses nouveautés des guerres nationales, et votre imagination s'était accoutumée à mouvoir devant elles des masses immenses de combattants avant qu'il vous fût donné de les conduire au feu. Votre vie n'a été qu'un long apprentissage de la victoire.

Vous êtes né à Tarbes, le 2 octobre 1851. Votre père, qui avait été d'abord avoué à Lourdes et à Argelès, était alors secrétaire général de la préfecture des Hautes-Pyrénées. Il appartenait à une vieille famille languedocienne qui habitait, depuis longtemps, au pied des monts, le joli bourg de Valentine. Votre mère, née Dupré, était fille d'un officier du premier Empire, et les exploits de la Grande-Armée ont enchanté les rêves de vos jeunes années. Votre enfance n'a eu sous les yeux que des exemples d'honnêteté, de travail, de discipline et de foi chrétienne, qui ont laissé en vous une empreinte ineffaçable. Au collège de Tarbes, vous êtes un élève studieux à la fois ardent et réfléchi, impétueux et concentré, qui se plaît surtout aux résurrections de l'histoire et aux constructions de la géométrie. Un de vos maîtres de quatrième prédit que vous serez un polytechnicien. De Tarbes, vous allez continuer vos études à Saint-Etienne, puis à Metz, où les pères jésuites du collège Saint-Clément qui vous reconnaissent, à leur tour, l'esprit de géométrie, s'appliquent à réaliser la prophétie de votre professeur de quatrième. Sur ces entrefaites, voici que la guerre éclate. Vous laissez là vos livres et, à moins de dix-neuf ans, vous vous engagez au 4e régiment d'infanterie. Vous y apprenez le maniement d'armes, mais, avant qu'on vous ait envoyé au combat, les hostilités se terminent par la défaite de la France et vous revenez, la tristesse au cœur, achever au collège Saint-Clément la préparation de votre concours. Déjà les Allemands se conduisent en maîtres dans la ville de Metz et, à chaque pas que vous faites dans les rues, vous rencontrez des officiers qui traînent insolemment leurs sabres sur le pavé. Vous voyez émigrer une partie de la population et vous êtes témoin de la douleur de ceux qui restent. De sombres images se gravent dans votre esprit ; vous vous promettez de consacrer votre vie au relèvement de la France. Au mois de juillet 1871, vous vous rendez à Nancy, pour y subir les épreuves d'admission à l'École polytechnique. Comme toutes les villes de l'est, Nancy est occupé par le vainqueur : le général de Manteuffel est installé dans ce charmant palais du Gouvernement où vous avez vous-même résidé quarante-deux ans plus tard ; chaque soir, des retraites militaires partent de la place Stanislas et le son perçant des fifres rappelle aux habitants leur infortune. Comme vous, monsieur le maréchal, j'ai vécu jadis, en Lorraine, ces heures de deuil. Je ne m'étonne pas que vous ne les ayez jamais oubliées.

Deux ans après, vous entrez à cette école d'application d'artillerie qui forcée, comme les pères de Saint-Clément, de quitter Metz, s'est réfugiée à Fontainebleau ; et ainsi vous retrouvez partout le fantôme de vos malheurs. C'est sous ces impressions que vous commencez dans votre ville natale une carrière militaire dont chaque étape est marquée par l'acquisition de connaissances nouvelles. Vous êtes déjà un maître et vous voulez encore être un élève. Elève à l'école de cavalerie de Saumur, élève à l'école supérieure de guerre, vous ne vous lassez pas d'étudier. Vous pensez que les hommes appelés à conduire les troupes doivent s'y préparer longuement et que les improvisations géniales ne sont, sur les champs de bataille, que la fleur éclatante des méditations antérieures. Lorsque vous revenez à l'école de guerre en 1895, comme professeur-adjoint de tactique générale et, lorsque très rapidement, vous y êtes nommé professeur titulaire, vous êtes en possession d'une forte doctrine que, pendant plusieurs années consécutives, vous allez pouvoir enseigner à l'élite de nos officiers d'état-major et qui exercera sur eux une influence prestigieuse. Vos leçons ont été réunies en deux ouvrages que les profanes eux-mêmes ne peuvent lire sans un vif intérêt. Dans un style sobre et vigoureux, qui a la précision et la simplicité du langage scientifique, qui économise intentionnellement les images mais qui, à l'occasion, en laisse échapper de magnifiques, vous exprimez des idées dont l'ensemble ne constitue pas seulement un admirable cours de stratégie et de tactique, mait une apologie raisonnée de la force morale. A vos yeux, l'esprit domine la matière et victoire égale volonté. Une bataille gagnée, c'est une bataille où l'on ne veut pas s'avouer vaincu. Cette résolution de vaincre doit se traduire par l'action et l'offensive. La défensive, c'est un duel où l'un des combattants ne fait que parer. Le mouvement est la loi de la stratégie : mouvement pour chercher la bataille, mouvement pour réunir les forces, mouvement pour les employer à briser, par un coup inattendu, la volonté de l'ennemi. Mais aux troupes, il faut des chefs. « Quand vient l'heure des décisions à prendre, des sacrifices à consommer, où trouver les ouvriers de ces entreprises périlleuses, si ce n'est dans les natures supérieures, avides de responsabilités ? » Penser et vouloir, l'esprit et le caractère ne suffisent pas au chef : il lui faut encore le don de faire passer l'énergie qui l'anime dans les masses d'hommes auxquels il commande. L'armée ne vaut que par l'impulsion qu'elle reçoit de lui. Vous vous empressez de proclamer que le soldat français est plus apte que tout autre à suivre cette impulsion et, avant même de l'avoir vu à l'œuvre, vous le trouvez supérieur au soldat d'outre-Rhin par ses qualités héréditaires : activité, intelligence, entrain, dévouement, sentiment national. Depuis la guerre, vous complétez, n'est-ce pas ? cette énumération par deux mots : endurance et ténacité.

Je me suis laissé dire qu'aux environs de 1900, il s'est rencontré des critiques, qui peut-être n'avaient jamais lu vos livres, pour vous reprocher dédaigneusement d'être un métaphysicien : ce qui est un grand crime partout ailleurs qu'à l'Institut. Vous aviez, il est vrai, pris éloquemment la défense de « ces grandes abstractions que sont le devoir et la discipline », mais, quelles que fussent vos croyances personnelles, nous n'en aviez jamais fait un objet d'enseignement à l'école. Si vous avez été, en 1901, renvoyé dans un régiment, c'est donc par suite d'un de ces malentendus passagers qui peuvent, dit-on, se produire parfois entre la justice et la politique.

Ces mêmes ouvrages qui vous avaient fait condamner vous valurent heureusement, six ans après, une belle revanche. Le ministre de la guerre voulut vous nommer à la direction de l'école où vous aviez si brillamment professé. Le président du conseil, ministre de l'intérieur, avait été prévenu contre vous. Vos chefs vous conseillèrent de le voir. C'était Clémenceau. Il ne vous avait jamais rencontré et ne prévoyait guère qu'un jour, notre compagnie, interprète de la gratitude nationale, vous appellerait tous deux à elle par des suffrages unanimes. Il vous écouta, fut frappé de vos observations, vous demanda vos livres et eut l'émotion de trouver, à la fin de la préface du second, ces quatre mots : *In memoriam ! In spem !* Il garda les volumes quelques semaines, les lut attentivement, fut conquis par la force de vos idées et vous déclara avec une brusquerie cordiale qu'il faisait peu de cas des objections imaginées par les adversaires de votre candidature. On prétend que, pour donner plus d'énergie à l'expression de son sentiment, il se servit d'un terme qui ne figure pas encore dans notre dictionnaire. Nous ne demanderons pas aux académiciens que vous êtes l'un et l'autre devenus, de nous rapporter textuellement ce propos. Il nous suffit que du cabinet de M. Clémenceau vous soyez sorti directeur de l'école de guerre.

Quelques années plus tard, vous obteniez la troisième étoile : et enfin, le 23 août 1913, vous preniez à Nancy le commandement du 20e corps et vous rentriez, aux sons de la *Marche lorraine* et de *Sambre-et-Meuse*, dans la ville où vous aviez entendu jadis les fifres de Manteuffel. Un malaise pesait depuis plusieurs mois sur l'Europe, l'agitation des Balkans tenait toutes les chancelleries en alerte. Des travaux furent rapidement entrepris sur le Grand-Couronné, pendant que vous veilliez à maintenir le merveilleux entraînement de votre 20e corps. Vous prévoyiez si peu cependant une guerre immédiate que, même après l'attentat de Sarajevo, le 18 juillet 1914, vous demandiez pour aller prendre un peu de repos dans votre propriété de Bretagne, une permission de quinze jours, qui vous était accordée. Vos gendres, tous deux capitaines, étaient eux-mêmes autorisés à vous rejoindre, tant le Gouvernement était encore loin de s'attendre à l'agression qui se préparait dans l'ombre. Ce n'est que le 26, après la remise de l'ultimatum à la Serbie, que vous fûtes rappelé à Nancy. A peine y étiez-vous rentré qu'avant même la déclaration de guerre, la frontière était violée.

Avec quelle ardeur votre héroïque 20e corps s'est-il élancé, le 14 août, lorsqu'a été donné à la 2e armée l'ordre général de la marche en avant ! Au prix de quels sacrifices vos troupes n'ont-elles pas bousculé l'ennemi, retranché sur les hauteurs qui bordaient la douloureuse frontière de 1871 ! Avec quelle joie n'ont-elles pas pénétré dans ces villages lorrains et dans cette jolie ville de Château-Salins, où la population, se croyant déjà délivrée, leur criait sa reconnaissance ! Mais, puissamment fortifiés dans la région de Morhange, munie d'une formidable artillerie lourde empruntée à la place de Metz, les Allemands parviennent à briser l'élan des corps qui combattent à vos côtés. Elles-mêmes, votre division de fer et votre division d'acier se heurtent, sur les hauteurs de Baronville, à une muraille infranchissable. La retraite est ordonnée. Vous êtes obligé de rendre à l'ennemi ces lambeaux de Lorraine que vous lui aviez si péniblement arrachés et vous laissez là-bas, dans le désespoir, les pauvres gens qui vous avaient accueillis comme des sauveurs. Il faudra plus de quatre ans pour que vous les retrouviez, ils vous auront patiemment attendus.

L'attaque française a échoué ; il s'agit maintenant de faire échouer l'attaque allemande. Dans l'ivresse de son succès, l'ennemi s'imagine qu'il va pouvoir tourner nos places fortes de l'Est et prendre à revers le gros de nos armées engagées sur les frontières du Nord. Il occupe Lunéville et se glisse vers le Sud, à flanc découvert. Voilà l'occasion d'un de ces coups de surprise, d'une de ces actions soudaines, que vous avez si souvent recommandés à vos élèves. L'ordre est donné d'attaquer partout à fond. Les Allemands déconcertés fléchissent, se dispersent, s'enfuient. L'armée de Lorraine a non seulement sauvé Nancy, mais empêché l'ennemi de venir, par la trouée de Charmes, gêner la grande retraite stratégique qu'opère le général Joffre et qui va rendre possible la bataille de la Marne.

Le rôle que vous avez joué, en ces heures tragiques, à la tête du glorieux 20e corps, n'a pas échappé à la clairvoyance du généralissime. Avec ce discernement qui est une de ses qualités maîtresses, il vous appelle, le 28 août, au grand quartier général et vous confie le commandement d'un détachement d'armée qui va bientôt devenir une armée nouvelle, la 9e. Pendant que vous vous employez à grouper des éléments encore mal fondus et à reconstituer des troupes fatiguées, votre cœur de père est cruellement éprouvé. Vous êtes sans nouvelles de votre fils, l'aspirant Germain Foch et d'un de vos gendres, le capitaine Bécourt. Tous deux sont tombés pour la France sur la terre lorraine. Avant de pouvoir consacrer au pays, pour le mener à la victoire, toutes les resources de votre génie militaire, vous lui faites silencieusement, vous aussi, comme tant d'autres Français, l'offrande de vos plus chères affections. *In memoriam, in spem* ! Souvenir, espérance, ce sont, plus que jamais, vos raisons de vivre et d'agir.

En constituant la 9e armée, le général Joffre avait voulu éviter qu'au centre de la ligne immense dont il poursuivait le repli méthodique, il ne se trouvât un point de trop faible résistance. Le 6 septembre, il lançait cet ordre fameux où était, en quelques phrases, condensée l'expression de l'énergie nationale, et comme les armées voisines, la vôtre était prête à se faire tuer sur place. Tandis qu'à l'aile gauche, Maunoury, puissamment aidé par Galliéni, tombe dans le flanc de von Klück qui s'éloigne de Paris, vous avez à défendre contre de furieuses attaques un front de trente-cinq kilomètres et vous devez, à tout prix, interdire à l'ennemi la traversée de ces marais de Saint-Gond qui dorment dans la vallée du Petit-Morin, au milieu de paisibles villages champenois. Vous n'ignorez pas que vous allez avoir à supporter une série précipitée de chocs formidables. Par des ordres renouvelés, vous soutenez et encouragez votre armée et, de votre quartier général ou de votre poste de commandement, votre ardente volonté rayonne sur tout le champ de bataille. A droite, le 11e corps, contre lequel s'acharnent des forces de plus en plus nombreuses, évacue Fère-Champenoise ; au centre, le 9e, menacé d'être pris à revers, est obligé de reculer, et la garde prussienne approche de ce château de Mondement qui est la clef des Marais et dont la vieille tour domine la plaine. La légende, qui, déjà, se plaît à orner le peplum de Clio raconte qu'en ces heures critiques vous avez envoyé au généralissime ce message plaisant : « Pressé fortement sur ma droite, mon centre cède, impossible de me mouvoir, situation excellente, j'attaque. » De graves auteurs ont donné ce texte pour authentique. Je n'ai pas le courage de les détromper. Si vous n'avez jamais écrit ces mots optimistes, vous les avez pensés et, mieux encore, vous les avez traduits en actes. Au plus fort des combats, vous demandez à votre voisin, le général Franchet d'Esperey, de vous aider à remplacer, en première ligne, la 42e division que commande Grossetti et qui paraît épuisée par trois jours de lutte ; et, dès qu'avec cet esprit de camaraderie militaire dont nos chefs ont donné tant d'exemples, le général Franchet d'Esperey a mis des troupes plus fraîches à votre disposition, vous vous empressez d'attaquer le flanc du Xe corps allemand. Mais, tandis que votre gauche ainsi renforcée continue à progresser, la garde prussienne parvient à refouler la vaillante division marocaine et s'empare du château de Mondement. Encore un effort de pression et l'ennemi ouvrira la brèche. Mais n'est-ce pas vous qui l'avez dit ? Etre vaincu, c'est se croire vaincu ; et vous, devant le flot qui gronde, vous ne craignez pas d'être submergé. Courage ! La division marocaine reprendra coûte que coûte le château de Mondement, et la 42e division, que vous avez fait glisser derrière le front, du nord-ouest au sud, ne s'arrêtera pas dans son mouvement ; elle sera immédiatement dirigée sur Corroy et reprendra l'offensive face à l'est. D'heure en heure, vous envoyez des ordres pour exhorter les troupes. L'armée, haletante et harassée, attend le secours que vous lui promettez. Si la 42e division tarde à entrer en ligne, tout est perdu. Elle apparaît enfin, à la tombée du soir, et avant même qu'elle ait pu s'engager à fond, l'ennemi, décontenancé par ce déploiement de forces nouvelles, et renseigné d'ailleurs sur les échecs qu'ont subis les autres armées allemandes, sonne la retraite. Il pille les caves de Fère-Champenoise, dévalise les maisons, se livre à de honteuses bacchanales et se retire, laissant ivre-morts, dans les sous-sols de la ville, quelques-uns de ces robustes soldats dont s'était enorgueillie la garde impériale.

Peu de semaines après, vous vous trouviez à Châlons, où vous aviez transporté votre quartier général. Devant vous, les Allemands s'étaient arrêtés et tapis dans des abris souterrains ; mais, vers l'ouest et le nord, ils cherchaient à nous gagner de vitesse pour arriver les premiers à la mer et déborder notre aile gauche. Déjà, pour les rejoindre et les dépasser, nos troupes remontaient vers la Somme et le Pas-de-Calais ; les trains roulaient à toute vapeur de Nancy à Amiens ; de longs cortèges de camions défilaient bruyamment sur les routes ; l'armée presque entière semblait glisser dans une même direction. Le 4 octobre, vous êtes appelé au téléphone par le général Joffre. Il ne vous a pas perdu de vue pendant la bataille de la Marne et il a admiré l'heureuse audace de votre manœuvre. Il vous annonce qu'il vous a nommé adjoint du général en chef et il vous prie d'assurer immédiatement la défense de la contrée menacée. Vous partez, vous voyez, au passage, les généraux de Castelnau et de Maud'huy et vous vous installez à Doullens. Le maréchal French, qui avait exprimé le désir de rapprocher toute l'armée britannique de ses bases maritimes, concentrait, depuis plusieurs jours, dans la zone d'Hazebrouck et de Saint-Omer, des troupes dont vous alliez avoir à coordonner l'action avec celle des nôtres. C'était déjà, sous votre autorité, un premier essai, bien timide encore, de l'unité de commandement. La leçon de cette expérience ne sera pas perdue.

Au débotté, vous aviez pris vos cartes et examiné

l'immensité du champ de bataille. Attiré par la vaste plaine des Flandres où se sont, au cours des siècles, décidées tant de guerres, vous aviez, d'abord, dans la première quinzaine d'octobre, rêvé de rabattre rapidement sur Menin et Courtrai les troupes franco-britanniques. Mais l'armée anglaise était encore jeune et ne disposait que de faibles effectifs ; Anvers capitulait ; et les Belges qui, sous l'impulsion de leur noble roi, ne devaient pas tarder à retrouver toute leur ardeur, se repliaient alors en assez mauvais arroi. Au lieu d'attaquer vous-même, comme vous l'espériez, vous voilà condamné à une parade sans riposte.

Les Belges se sont retirés sur Ostende. Ils sont appuyés à droite, devant Dixmude, par cette phalange de fusiliers marins dont les exploits ont fait pâlir pour l'éternité les plus beaux modèles de courage antique ; mais l'ennemi avance le long de la côte, dans le sable des dunes, jusqu'aux approches de Nieuport. Journées d'angoisse, où les minutes sont chargées d'inconnu et où vous cherchez surtout à maintenir la confiance autour de vous. Enfin, la 42e division, celle-là même que vous avez si hardiment fait défiler derrière les marais de Saint-Gond, arrive, toujours aussi fougueuse, à la frontière belge, et pendant que les fusiliers marins renouvellent leurs prodiges, vous la chargez d'étayer nos alliés à Nieuport et sur l'Yser. Vous aidez ainsi la Belgique à conserver intact le lambeau de terrain qui restera jusqu'aux derniers jours de la guerre le réduit de son armée et le symbole de son indépendance.

Dans la soirée du 20 octobre, vous apprenez tout à coup que l'ennemi a déchiré d'une seul geste le rideau de cavalerie britannique et pénétré à Hollebeck. Vous vous précipitez chez le maréchal French ; il est plus de minuit ; vous le réveillez. « Avez-vous des réserves ? lui demandez-vous ? — Non. — Je vais vous en donner. Tenez jusqu'à ce qu'elles arrivent. — Je tâcherai. » Vous rentrez à Cassel, où vous avez, depuis peu de jours, transféré votre quartier général et, à deux heures du matin, vous donnez des ordres pour que des renforts soient dirigés sur l'armée anglaise. Mais le 1er corps britannique est presque anéanti ; le maréchal French est sur le point de retirer son artillerie lourde et de battre en retraite. Vous courez à Wlamertynghe et vous l'appelez auprès de vous : « Si nous accusons notre faiblesse, lui déclarez-vous, nous sommes emportés comme des fétus de paille. Maintenez, coûte que coûte, votre 1er corps où il est. J'attaquerai moi-même à droite et à gauche avec des troupes françaises. » En parlant, vous avez pris une feuille de papier sur un bureau ; vous y jetez, à la hâte, quatre lignes où vous précisez votre pensée, et vous tendez la note au maréchal. Il la lit, réfléchit un instant, appelle un officier d'ordonnance et lui dit : « Allez, portez cet ordre. » Le désastre était conjuré.

Peut-être vous souvient-il que, le même jour, nous nous sommes rencontrés, vous et moi, à Dunkerque avec le général Joffre et lord Kitchener. Vous étiez encore tout frémissant de votre conversation et, comme Kitchener, malgré son beau sang-froid, n'était pas sans éprouver quelque inquiétude sur le sort de la petite armée britannique, vous l'avez rassuré : « Mais, avez-vous ajouté, envoyez-nous le plus tôt possible les divisions que vous formez. — Vous aurez un million d'hommes dans dix-huit mois. » Et vous de répliquer : « — Je préférerais moins d'hommes arrivant plus tôt. » La Grande-Bretagne a tenu, et au delà, la promesse de Kitchener et elle a devancé l'échéance qu'il avait fixée. Mais, en ces jours où la pauvreté des effectifs alliés nous préoccupait si vivement et où l'Angleterre ne nous laissait espérer une armée que pour le printemps de 1916, quelle inflexible volonté ne vous a-t-il pas fallu, au général Joffre et à vous, pour dire tous deux : « Nous nous battrons seuls, en attendant. »

Bientôt, de la mer à la Haute-Alsace, le front se cristallise. Ce sont, d'abord, au début, pendant les durs mois d'hiver, des tranchées boueuses ou glacées, des abris sans air et sans lumière, des parapets qui s'effondrent, des réseaux inachevés de fils de fer, de vagues esquisses de positions improvisées ; et les hommes vivent là, sous la pluie, sous la neige, sous les grenades, sous les bombes ; et de cet affreux chaos ne s'échappe pas un murmure d'impatience. Puis, les trains et les camions amènent peu à peu, derrière les lignes, des pioches, des bêches, des rondins, des tôles ondulées, des rouleaux de fil barbelé, tout un outillage qui semble destiné à préparer, pour des millions de troglodytes, des installations éternelles ; et un siège de géants commence, où les peuples qui s'affrontent sont, tour à tour, assiégeants et assiégés. Dans cette guerre qui piétine, comment arriver à la surprise stratégique ? Comment déterminer ce coup de foudre, cet inattendu dont vous avez parlé après Xénophon, cet « événement », dont vous avez parlé après Napoléon ? Allons-nous donc être condamnés à l'immobilité et à l'impuissance ? Votre esprit travaille ; vous rédigez notes sur notes ; mais, dans vos recherches inlassables, vous vous éclairez toujours des mêmes vérités : « Victoire égale supériorité morale chez le vainqueur, dépression morale chez le vaincu. » Vouloir plus fortement et plus longtemps que l'ennemi, voilà donc la ressource suprême. Vous vous rappelez, une fois de plus, un mot de Frédéric II. Il passait devant un vieux château silésien et apercevait sur la façade un écusson où était représenté un combat de cerfs avec cette devise : « Le plus obstiné l'emporte. » — « C'est là, dit Frédéric, qu'est tout le secret du succès. » Tout de même, si les bois du cerf sont robustes, ils lui rendent l'obstination plus aisée ; et un dix cors a des chances de l'emporter sur un daguet. Vous comptez donc sur notre obstination ; mais vous demandez aussi qu'on donne à nos troupes un meilleur armement.

Le 9 mai 1915, vous attaquez les positions allemandes en Artois, vous vous assignez prudemment des objectifs très rapprochés ; mais, après cinq longues semaines, c'est à peine si nous avons repris en profondeur trois ou quatre kilomètres de terre française, et de quelle terre ! Des entonnoirs, des fosses et des cavernes. De cette glorieuse et sanglante épreuve, vous tirez dans vos rapports des conclusions précises. Gardons-nous, dites-vous, de risquer toutes nos forces disponibles sur la possibilité de percer, sur l'idée « d'une trouée victorieuse et décisive ». Après les nouvelles offensives de septembre en Champagne et en Artois, vous répétez qu'il convient de ne procéder que « sûrement et parcimonieusement » de développer nos moyens matériels, artillerie et aviation, et de faire durer l'infanterie. Quiconque parcourrait aujourd'hui les belles instructions que vous avez rédigées dans cette interminable année 1915, où la fixité du front semblait défier le génie des plus grands capitaines, ne pourrait qu'admirer la maîtrise avec laquelle, devant l'inextricable réseau des lignes ennemies, vous saviez discipliner votre ardeur et réfréner votre élan. C'est avec la même circonspection que vous préparez pendant de longs mois, pour le printemps de 1916, une attaque sur les deux rives de la Somme. Mais, avant qu'elle soit lancée, les Allemands se ruent sur Verdun et les forces que vous comptiez utiliser entre Chaulnes et Gomécourt sont envoyées au secours de la cité lorraine. Votre offensive n'a plus, dès lors, d'autre objet que de faire diversion et de soulager l'effort des troupes qui se relaient, dans une lutte infernale, sur les bords de la Meuse. Pendant tout le mois de juillet, puis, de nouveau, pendant tout le mois de septembre, les communiqués français et britanniques enregistrent, avec le chiffre des prisonniers faits et des canons capturés, le nom des villages enlevés par les alliés dans les environs de Péronne et dans les plaines du Santerre : pauvres villages dont il ne reste plus, dans un paysage désolé, que des monceaux de poussière et des caves béantes ; malheureuse contrée où la bataille a recommencé, plus violente encore, deux ans après, et où le voyageur épouvanté n'aperçoit plus, dans l'étendue désertique, que des squelettes d'arbres, des murailles écroulées et des rangées de croix noires. N'oublions pas ces sombres heures de 1915 et de 1916, où nos armées impatientes marquaient le pas dans la vase ou dans le sang ; n'oublions pas tant d'efforts obscurs et tant de sacrifices qui pouvaient alors sembler stériles. Pour que la victoire vît enfin le jour en 1918, il fallait, hélas ! ce long et douloureux enfantement.

Déçus de n'avoir pu faire tomber Verdun et d'avoir laissé, entre nos mains, dans la bataille de la Somme, plus de 36.000 prisonniers, les Allemands s'en prenaient à leur grand état-major et Falkenhayn disgracié était remplacé en septembre 1916 par Hindenburg. En même temps, les Russes avançaient dans les Karpathes, les Italiens prenaient l'offensive autour de Gorizia, la Roumanie se déclarait, le 18 août, pour l'Entente. Il semblait que l'espérance nous sourît de nouveau. Mais tout allait changer. La Roumanie, bientôt submergée sous le nombre, la révolution russe trop rapidement suivie de l'anarchie et de la défection, les intrigues allemandes dans les pays alliés, toute une longue suite d'événements lamentables devaient faire de l'année 1917, malgré la certitude de l'intervention américaine, l'année la plus noire de la guerre.

A croire votre acte de naissance, le 30 septembre 1916 était pour vous, monsieur le maréchal, la date où vous atteigniez la limite d'âge. Mais personne n'avait consenti à reconnaître une vérité sous cette invraisemblance. Vous aviez été maintenu en activité et vous aviez reçu cette médaille militaire qui est, pour un général, la plus enviable des récompenses, parce qu'elle confond, dans un même témoignage de gratitude nationale, la valeur d'un commandant en chef et la bravoure d'un simple soldat. Puis, comme les relations des armées alliées posaient tous les jours de nouveaux problèmes, le général Joffre avait rétabli à Senlis un bureau d'études internationales dont il vous avait donné la direction ; et là, vous aviez aussitôt préparé deux plans de campagne, l'un pour le cas où l'Allemagne, comme elle y songeait alors, violerait la neutralité suisse, l'autre pour le cas où il serait nécessaire d'intervenir en Italie. Ce fut ce dernier projet qui, au mois d'octobre suivant, nous permit de transporter, avec une étonnante rapidité, dans la vallée du Pô, quatre divisions françaises et deux divisions britanniques. Sur ces entrefaites, le 17 mai, vous aviez été nommé chef d'état-major général de l'armée au Ministère de la Guerre. Tel que je vous avais vu si souvent aux armées, tel je vous avais retrouvé dans ce poste de conseiller du Gouvernement, l'esprit largement ouvert à toutes les questions, le jugement droit, la décision prompte. Votre autorité s'imposait à tous ceux qui vous entendaient ; elle frappait dans les conférences de Londres, nos amis anglais : elle éclatait aux yeux du général Cadorna, lorsque, au lendemain de Caporetto, vous vous rendiez en Italie, elle grandissait encore à Rappalo, lorsque dans les premiers jours de novembre, y était décidée la constitution d'un conseil de guerre interallié. Premier pas craintif encore, vers l'unité de commandement. Mais l'idée chemine. Le 2 février 1918, les Gouvernements créent, au sein de ce conseil supérieur, un comité exécutif qui devra former une masse de manœuvre empruntée à toutes les armées alliées et, quand le moment est venu de donner à ce comité un président qui aura un jour à diriger ces réserves générales, c'est le premier ministre anglais lui-même qui prononce votre nom : « En Angleterre, dit M. Lloyd George, nous avons la plus grande admiration pour les hautes qualités du maréchal Foch. C'est un des premiers soldats du monde par sa science de la guerre, par son expérience et par les incomparables services qu'il a rendus. Mais il possède une qualité qui le désigne plus qu'aucun autre pour le rôle que nous lui réservons : c'est le dévouement qu'il a, non seulement pour son pays, mais pour l'alliance qui nous unit. Nous autres Anglais, nous n'oublierons jamais qu'en Flandre, lorsque notre armée se trouvait en face des plus grandes difficultés, le général Foch l'a secondée de toutes ses ressources en hommes et en énergie. S'il avait été un de nos généraux, il n'aurait pu faire davantage pour nous. » Noble et juste hommage qui honore, au même degré, le soldat auquel il est adressé et le chef du gouvernement qui le prononce.

Il ne devait pas se passer deux mois avant que le cabinet britannique vous donnât, plus solennellement encore, une nouvelle marque de confiance et d'admiration.

Pendant tout l'hiver, les Allemands avaient ramené de Russie, de Roumanie et d'Italie vers la France, objet permanent de leurs convoitises et de leur haine dévastatrice, soixante-quatre divisions nouvelles. Leur grand quartier général s'était établi à Spa ; Hindenburg et Ludendorff avaient pris leur poste de commandement à Avesnes et ils avaient solennellement annoncé à leur empereur que leur armée serait bientôt rassemblée tout entière et prête à accomplir « la plus grande tâche de son histoire ». Plus simplement, ils voulaient avoir raison de nous avant que les troupes du général Pershing, qui commençaient à débarquer tous les mois en nombre important, fussent en état de se battre avec avantage. La menace d'une offensive formidable pesait donc sur nos lignes. Le maréchal Haig et le général Pétain se préparaient tous deux à recevoir le choc. Ce fut le 21 mars, avant l'aube, que le coup de poing fut donné sur une des parties les plus vulnérables du front. De Fontaine-les-Croisilles à Fargniers, point de charnière où se rejoignent les armées britannique et française et où il suffit peut-être, pour les dissocier, d'un heurt violent et inopiné, Marwitz et Hutier lancent trente-sept divisions contre quatorze que commandent le général Byng et le général Gough. La 3e armée anglaise résiste. Mais la 5e contre laquelle l'ennemi porte son effort principal, fléchit. En trois jours, la zone que les Allemands avaient abandonnée l'année précédente, après l'avoir ravagée, est de nouveau recouverte par un raz de marée. Vainement le général Pétain, toujours fidèle à la fraternité d'armes, alerte-t-il ses réserves et envoie-t-il précipitamment sur les points les plus menacés les Fayolle, les Humbert, les Debeney, les Pellé, qui avec tout ce qu'ils trouvent sous la main, essaient de relever les digues et d'aveugler la voie d'eau, Ham, Péronne sont tombés ; Noyon est à la veille d'être pris ; l'ennemi marche sur Montdidier pour s'ouvrir la route d'Amiens et couper les communications entre les Anglais et nous. Le 24, le péril est si grand que le général en chef des armées françaises, redoutant de ne pouvoir plus garder le contact avec les alliés dont la retraite continue, donne à ses lieutenants des instructions où s'entrevoit l'hypothèse d'une séparation mortelle : « Avant tout, maintenir solide l'armature de l'ensemble des armées françaises... Ensuite, si possible, conserver la liaison avec les forces britanniques. » De son côté, le 25, le maréchal Haig écrit d'Abbeville que la disjonction des armées françaises et anglaises n'est plus qu'une question de temps ; qu'il est nécessaire, pour rétablir la situation, de concentrer immédiatement à cheval sur la Somme, à l'ouest d'Amiens, au moins vingt divisions françaises, chargées d'agir dans le flanc de l'attaque allemande, et il ajoute que l'armée anglaise devra combattre lentement en retraite en couvrant les ports du Pas-de-Calais. Ainsi, faute d'un commandement unique et d'une volonté maîtresse, l'armée française va, sans doute, être amenée à se ramasser vers le sud et l'armée anglaise à se replier sur ses bases de la Manche. C'est, à bref délai, la catastrophe. Le maréchal Haig s'est rendu compte du péril et il a télégraphié au chef d'état-major britannique à Londres pour le prier de venir en France avec un membre du cabinet anglais et de demander l'institution d'un commandement supérieur. Lord Milner et le général Wilson arrivent, en effet, le 25. Le jour même, M. Clémenceau, vous et moi, nous nous rendons avec eux, à Compiègne auprès du général Pétain, et nous prenons tous rendez-vous pour le lendemain à Doullens, où nous rencontrerons le maréchal Haig. Au delà d'Amiens, les routes sont encombrées de troupes anglaises qui refluent déjà vers le nord, sous l'aigre bise de mars qui fouette les visages. Lorsque nous descendons de voiture, le maréchal Haig est encore en conférence avec ses commandants d'armées. Pour ne pas l'interrompre, nous allons et venons plus d'une heure dans le petit square de l'hôtel de ville. Vous trompez cette longue attente en répétant à tous que rien n'est désespéré, qu'il faut défendre pied à pied chaque motte d'une terre sacrée et empêcher, coûte que coûte, l'ennemi de s'infiltrer entre les Anglais et nous. Nous montons enfin dans la grande salle de la mairie, et là se tient une réunion qui met en lumière le parfait accord des deux gouvernements, et aussi le patriotique désintéressement du maréchal Haig et du général Pétain. Chargé, avec le consentement des deux commandants en chef, de coordonner l'action des armées alliées sur le front ouest, vous décidez aussitôt qu'avant tout, les troupes françaises et britanniques resteront étroitement liées et couvriront Amiens. En quelques heures, vous voyez le général Fayolle, le général Debeney, le général Gough, et, à tous, vous donnez la même consigne : « Tenir, tenir à tout prix. » Le lendemain, les Allemands sont arrêtés sur l'Oise, et s'ils entrent à Montdidier, si, dans cette journée du vendredi saint dont Paris a gardé le triste souvenir, Moreuil est à son tour, sur le point de succomber, le Plémont résiste à tous les assauts et, avec le jour de Pâques, l'espérance resssuscite au cœur des armées alliées. Le 3 avril, l'œuvre de Doullens se complète à Beauvais ; votre rôle n'est plus seulement d'assurer la coordination, mais la direction stratégique des opérations militaires ; et enfin, onze jours plus tard, vous recevez ce titre de général en chef qui consacre le reconnaissance définitive de votre autorité suprême.

« Sitôt qu'on cesse d'être sur la défensive, disait le maréchal de Villars, il faut se mettre sur l'offensive. » Votre magnifique campagne de 1918 relève elle-même de cette doctrine classique. Mais quand Villars commandait, par exemple, l'armée de la Moselle, il avait sous ses ordres 52.000 hommes ; et si haut que nous remontions dans l'histoire des guerres, nous n'y trouverons pas un général qui ait jamais eu, comme vous, à conduire plusieurs millions de soldats au combat. Dans les plus grandes batailles, Alexandre, Annibal, César, Napoléon comptaient modestement leurs hommes par milliers et je ne vois guère que Xerxès qui puisse avoir la prétention de vous être, de très loin, comparé. Encore, si nous avons entendu dire que l'armée perse avait mis sept jours et sept nuits à traverser les ponts établis par le grand roi entre Sestos et Abydos, Hérodote, qui a le premier donné ce renseignement, n'ose pas le garantir et je crains que nous n'ayons plus aucun moyen de le contrôler. Mais, aujourd'hui, monsieur le maréchal, par combien de chiffres ne faut-il pas multiplier les chiffres d'autrefois ? Où est le temps où, de son poste de commandement, un général en chef embrassait tout le théâtre de la lutte et suivait lui-même les péripéties de l'action ? Maintenant, ce sont des peuples entiers que vous avez à commander sur une ligne de 400 kilomètres, de la mer du Nord à la plaine d'Alsace ; et ces peuples transportent avec eux des batteries de toutes dimensions et de tous calibres, des millions de projectiles, des camions, des tanks, des wagons, des ponts, des télégraphes, des téléphones, des avions de réglage, de chasse et de bombardement, tout un matériel de titans modernes et de cyclopes civilisés ; et il faut que du centre où vous vous installez, votre volonté irradie à toute heure jusqu'aux cellules extrêmes de cet immense organisme en mouvement ; il faut qu'elle aille trouver l'artilleur à sa pièce, le fantassin dans sa tranchée, l'aviateur dans le ciel, et qu'elle leur inspire à tous la même foi et à la même énergie ; il faut que, par vous, cette multitude armée n'ait plus qu'une âme et quelle soit prête à accomplir, sur vos instructions, l'effort surhumain sans lequel bientôt il n'y aurait plus d'humanité.

Vous voici donc à la besogne. Autant qu'à Louis XIV et à Villars, la défense de la Somme vous paraît la condition primordiale du salut de l'Etat, et à peine l'offensive allemande est-elle arrêtée que, le 8 avril, à Breteuil, vous préparez avec Haig, Pétain et Fayolle, une contre-offensive au sud de la rivière ; mais, le soir même, le commandant en chef britannique vous annonce que l'ennemi vient d'attaquer sa 1re armée entre la Lys et le canal de la Bassée, qu'il a surpris la deuxième division portugaise et que, profitant de ses avantages, il a pénétré, avec une rapidité foudroyante, jusqu'aux secondes positions anglaises. N'écoutant, cette fois encore, que l'intérêt général, vous courez sur-le-champ au secours de nos alliés ; vous envoyez des renforts français dans les Flandres ; vous allez trouver, dans son humble demeure, l'admirable roi soldat qui, peu de jours avant, m'a donné devant vous l'assurance que vous pourriez en toute circonstance compter sur sa coopération militaire ; vous vous rendez compte, par vous-même, des moyens à employer et des ressources à réunir pour barrer aux Allemands la route de Calais. Tout est prêt ; les ordres sont donnés ; et vers la fin d'avril la vague ennemie, après avoir parcouru une distance de dix-huit kilomètres et déferlé sur le mont Kemmel, vient expirer sur les pentes du massif flamand ; la côte française est sauvée ; Ypres même dérobe à l'invasion ses ruines grandioses ; et il semble qu'après tant d'alertes vous allez, vous et vos infatigables troupes, avoir enfin quelques heures de détente et de répit.

Mais non. Convaincu, comme vous l'écrivez alors à vos généraux, que « seule l'offensive permettra aux alliés de terminer victorieusement la bataille et de reprendre, par l'initiative des opérations, l'ascendant moral », vous vous mettez immédiatement à étudier une riposte qui puisse dégager, avec le chemin de fer d'Amiens, le bassin minier du Nord et du Pas-de-Calais. Malheureusement, les premiers éléments de l'armée américaine ont seuls jusqu'ici traversé l'Atlantique et, sur certaines parties du front, nous n'avons plus, en face d'un ennemi puissamment renforcé, qu'un fragile cordon de troupes décimées. Malgré l'échec final de ses deux premières tentatives, Ludendorff juge l'heure propice à un troisième assaut.

Le vieux dieu allemand paraît encore sourire à ses fidèles et la carte de la guerre entretient leurs illusions. L'empire n'occupe-t-il pas la Pologne, la Courlande, la Lithuanie, la Livonie ? N'étend-il pas sa domination en Ukraine, sur le Don, dans le Caucase ? N'est-il pas maître de la Roumanie ? Ne va-t-il pas, pour précipiter les choses, presser l'Autriche de forcer le passage du Piave et de rejeter les Italiens en Lombardie ? C'est, pour l'Allemagne, le moment d'oser. Elle cherche un point faible sur l'immensité de notre front ; elle en discerne un sur ce Chemin des Dames, où la France a trouvé depuis trois ans et demi plus de gloire dans l'héroïsme obscur de ses poilus qu'autrefois dans les derniers éclairs du génie de Napoléon. Mais, après que quatre mille pièces d'artillerie, massées sur un très court espace, ont étouffé, dans un épais linceul d'ypérite, nos troupes de première ligne, les meilleures divisions allemandes se précipitent du haut des plateaux dévastés qui dominent la vallée de l'Aisne et tombent sur nous, à trois contre un. Elles atteignent la rivière, la traversent, écrasent ou dispersent tout sur leur passage, arrivent à la Vesle, la franchissent, et ne semblent plus pouvoir être arrêtées par rien dans cette randonnée triomphale. L'univers s'étonne; l'humanité s'inquiète. Est-ce que l'armée française, l'armée de la Marne, l'armée de l'Yser, l'armée de l'Artois, l'armée de Verdun, l'armée de la Somme, celle qui, dans les plus terribles mêlées, n'a jamais fléchi et qui, si elle n'a pas encore définitivement vaincu, s'est du moins déjà révélée invincible, est-ce que cette armée dont la réputation s'est répandue jusqu'aux confins du monde, serait maintenant prise de défaillance, à l'heure suprême où va se décider le destin des pays libres ? Non, non, que le genre humain se rassure ! L'éclipse est déjà passée : l'ennemi, attiré vers l'abîme par une sorte de fascination, poussera jusqu'à la Marne son avance téméraire ; mais, pendant qu'il s'aventurera ainsi en profondeur, vous tiendrez, d'une main ferme, les deux montants de la porte qu'il a réussi à enfoncer ; vous ne vous laisserez arracher ni la montagne de Reims, ni la forêt de Villers-Cotterets, et d'un revers momentané, vous saurez bientôt faire sortir la certitude de la revanche.

Vous demeurez, en ces journées fiévreuses, aussi maître de vous que vous l'aviez été en Lorraine, en Champagne, en Flandre, en Picardie. Entre le grand quartier général français qui réclame instamment des renforts pour couvrir la capitale et le commandement britannique qui craint de ne pas avoir à sa disposition, dans le Nord, des effectifs suffisants, vous dispensez vos ressources avec l'unique souci de la justice et de l'utilité commune. Ivres de leurs succès, qu'ils croient décisifs, l'empereur, Hindenburg, Ludendorff délibèrent dans les environs de Fismes et ordonnent l'accélération de l'offensive. Mais déjà, sans qu'ils s'en doutent, vous avez organisé la résistance. Secondées par les premières divisions américaines, nos forces reconstituées entourent la vaste poche où s'est engouffré l'ennemi. Les Allemands sont entrés à Château-Thierry ; ils ont atteint le chemin de fer de Paris à Châlons ; ils nous ont contraints à étirer encore nos unités appauvries sur une ligne sinueuse qui s'est allongée de plus de cinquante kilomètres ; mais ils n'ont pas ouvert la brèche par où ils comptaient passer et, comme leur commandement les a bercés de l'espoir de finir bientôt la guerre dans Paris terrorisé, leur déception est amère et le découragement s'insinue, avec les premières lueurs de la vérité, dans leurs âmes si longtemps aveuglées.

Comprenant enfin que leur position sur la Marne deviendra vite périlleuse, s'ils n'élargissent pas l'entrée de l'impasse où s'était étourdiment engagée leur victoire, ils attaquent le général Humbert et la 3e armée française du sud de Montdidier au sud de Noyon ; et ce sont alors sur l'Oise, du 9 au 13 juin, de nouveaux combats qui s'allument, au moment où le feu commence à s'éteindre entre l'Aisne et la Marne. Cette fois encore, nous perdons du terrain, mais non sans l'avoir défendu pouce à pouce et, sous la sereine autorité du général Fayolle, tout est promptement rétabli : von Hutier, qui croyait déjà coucher dans le château de Compiègne, s'arrête, essouflé, sur les bords du Matz.

Après cette série de tentatives, qui ont procuré à l'ennemi des avantages tactiques, sans entraîner cependant contre nous aucune décision, allez-vous enfin juger le moment venu de lancer la riposte que vous avez promise à vos armées et à laquelle votre tempérament, autant que votre raison, aspire depuis si longtemps. ? Pas encore; vous modérez, une fois de plus, votre ardeur naturelle et recommandez le calme à vos troupes impatientes. Ne faut-il pas, avant tout, briser, jusque dans ses derniers ressorts, la puissance offensive de l'adversaire ? Il garde encore des réserves. Achevons de les lui détruire. Fermons-lui le chemin de Calais et le chemin de Paris. Empêchons-le de gagner la mer ou de venir frapper la France à la tête ; et apprêtons-nous, d'abord, à recevoir le choc furieux où il va désespérément ramasser toutes ses forces. Mais où essaiera-t-il de nous surprendre ? C'est le secret de Ludendorff et vous êtes, d'abord, obligé de veiller partout, de Nieuport à Dannemarie. Bientôt cependant, quelques indices concordants vous laissent penser que vous allez être attaqué à l'ouest et à l'est de Reims, et ces signes précurseurs ne sont pas pour vous étonner. Une fois de plus, l'Allemagne a vu grand et, pressée, du reste, d'en finir par les premiers grondements de son opinion publique, elle s'est laissée séduire par le mirage d'une entreprise colossale. Par des bombardements réitérés, elle croit avoir troublé le cœur de Paris. Elle voit déjà ses troupes défilant de nouveau dans les Champs-Elysées. Encore quelques semaines et l'armée impériale victorieuse dictera, sur les rives de la Seine, les volontés allemandes à la France paralysée.

Vous êtes prêt. L'action qui s'annonce est, de toutes celles que vous aviez prévues, celle qui va peut-être le mieux servir vos desseins. Si vous réussissez à maîtriser l'ennemi, sa situation sera plus gravement compromise que jamais dans le couloir sans issue où il s'est aventuré. Sur son flanc droit, la 10e armée, commandée par le général Mangin, sera aux aguets dans l'épaisseur des bois de Villers-Cotterets et n'attendra que votre signal pour s'élancer.

C'est contre l'armée Gouraud que se prépare, de Reims à l'Argonne, l'assaut le plus redoutable. Vous avez dit à Pétain : « Quelle que soit la violence de la poussée, l'ennemi doit être arrêté là. Et Pétain a dit à Gouraud : « Si vous êtes attaqué de la Pompelle à la butte de Tahure, vous vous sacrifierez pour la France. Vous n'attendrez pas les Allemands sur vos premières positions, vous n'y laisserez que des mitrailleurs, et des éléments de couverture, pour ralentir les vagues d'assaut ; et, dès que les Allemands, trompés par le succès apparent que vous leur aurez vous-même ménagé, s'avanceront vers vos deuxièmes positions, vous démasquerez vos batteries et vous écraserez l'assaillant dans le piège où vous l'aurez attiré. » — « Il sera fait suivant vos instructions », a répondu Gouraud ; et de son œil bleu, il interroge froidement l'horizon.

La fête nationale vient de se terminer dans une sorte d'attente solennelle ; il est minuit dix ; un roulement de tonnerre éclate et se prolonge, pendant quatre heures, de Château-Thierry aux gorges de l'Argonne, A la naissance du jour, l'infanterie allemande sort de ses tranchées, pénètre dans les nôtres, essuie le feu des mitrailleuses, voit nos hommes se replier en combattant et, pleine de confiance, précipite sa marche. Mais bientôt, elle se heurte à des positions vigoureusement défendues; toute la zone qu'elle traverse est battue par notre artillerie ; les abris où elle se réfugie ont été remplis de gaz qui les rendent inhabitables ; les tanks qui les précèdent sont mis en pièces par les explosifs que nous avons disposés sur leur passage. L'ennemi hésite, se trouble et s'arrête, comme médusé, devant la Main de Massiges.

Vainement est-il plus heureux à la Pompelle, au nord de Bligny, à Marfaux et jusque sur la Marne, qu'il parvient à traverser. Qu'importe ? Ces succès partiels ne lui ont pas livré la montagne de Reims et il n'a point élargi le seuil de l'antichambre close dont il cherche à ébranler les parois. Voici donc l'instant venu, pour la 10e armée, de sortir de son couvert forestier et de se jeter, avec ses nouveaux chars et ses escadrilles aériennes, sur l'Allemand décontenancé. Elle bondit ; la 6e armée l'appuie ; et toutes deux ramassent, en quelques heures, douze mille prisonniers et huit cents canons.

Il semble enfin que, suivant une de vos expressions, nous soyons arrivés à l'un de ces moments solennels où une armée, sur le champ de bataille, se sent portée en avant comme si elle glissait sur un plan incliné. Dans une lente ascension, nous avons gravi des pentes abruptes ; et, du sommet que nous avons atteint, nous apercevons maintenant l'ennemi qui commence à plier et la victoire qui nous appelle. Les Allemands se défendent encore avec âpreté; ils font tête sur les trois fronts où ils sont attaqués ; ils ne se replient que pas à pas ; mais ils abandonnent la voie ferrée ; ils retraversent la Marne, ils sont ramenés sur l'Ourcq et sur l'Ardre ; ils sont encore forcés de repasser la Vesle ; ils nous laissent encore entre les mains des milliers de prisonniers et un immense butin de guerre. C'est vous qui désormais tenez votre adversaire à la gorge. Vous ne le lâcherez plus.

« L'Entente, dites-vous, doit frapper maintenant à coups redoublés. » Avec le maréchal Haig, les généraux Rawlinson et Debeney, vous voulez, d'abord, dégager Amiens et reconquérir Montdidier ; et quelques belles journées du mois d'août vous suffisent pour exécuter ce programme. Puis, du Santerre, vous portez immédiatement la bataille dans toute la région qui s'étend entre la Scarpe et la Somme. Pendant que nous continuons à refouler les Allemands vers l'est, vous les faites attaquer sur leurs ailes, au nord, par l'armée britannique, au sud par la 3e armée française en direction de Lassigny ; puis c'est, de nouveau, le tour de notre 10e armée qui balaie les plateaux entre l'Aisne et l'Oise et s'avance jusqu'à l'Ailette ; puis, de nouveau, le tour des Anglais, qui recommencent l'assaut sur plus de cinquante kilomètres, forcent le passage de l'Ancre, enlèvent Croisilles, Bapaume, Nesle, Péronne, et continuent dans le même style, jusqu'à ces positions Hindenburg où l'ennemi s'est retiré l'an passé à l'abri de tous les souvenirs de Niebelungen et d'où il s'est élancé cette année comme pour conquérir l'anneau d'or de la Walkyrie. Allez-vous vous laisser arrêter par ces lignes réputées imprenables, qui courent de marais en collines ou de forêts en ravins et qui portant les noms tutélaires de Wotan, de Brunehild, de Siegfried et d'Alberick ? Si vous donnez à l'Allemand déjà déprimé le loisir de se refaire derrière ce rempart légendaire, l'occasion peut vous laisser les cheveux dans les mains. Donc, pas de repos, et en avant !

Tandis que, sous l'autorité supérieure du général Pétain, le général Pershing et les Américains délivrent Saint-Mihiel et une partie de la Woëvre, vous préparez des attaques concentriques qui devront se succéder à de brefs intervalles entre Meuse et Suippe, entre Somme et Sensée, entre Lys et Yser. Gouraud s'avancera en direction de Rethel et de Mézières, appuyé à sa droite par les Américains qui descendront les deux rives de la Meuse et nettoieront l'Argonne. La 1re armée française investira Saint-Quentin, pendant qu'à sa gauche trois armées britanniques, déployées du Tronquoy à l'Escaut, marcheront droit sur la ligne fabuleuse où les Allemands se croient protégés par le chaperon magique de Siegfried. Dans les Flandres, le général Degoutte, devenu, aux côtés du roi Albert, major général de l'armée belge, combinera avec le général Plumer et la 6e armée française, secrètement transportée dans le nord, une opération destinée à déblayer, vers Roulers, le vaste champ de bataille où vous cherchiez déjà, quatre ans plus tôt, d'immenses et lointaines perspectives.

Avant les premiers jours d'octobre, la muraille derrière laquelle se sont retranchés les Allemands se lézarde et crève en plusieurs endroits. La résistance a cependant été tenace et les objectifs que vous vous étiez fixés sont loin d'être atteints. Vous n'en êtes que plus résolu à reprendre l'attaque. Vous savez que, sur vos conseils, le général Diaz prépare une offensive ; qu'en Orient, Franchet d'Esperey a contraint les Bulgares à demander un armistice ; que l'Autriche épuisée est sur le point de capituler elle-même. Il n'y a donc pas à hésiter ; il faut repartir au pas de charge ; et, d'un geste infatigable, vous réveillerez la bataille entre la Suippe et la Meuse, entre l'Aisne et l'Oise, entre l'Escaut et la Selle ; et tous vos lieutenants, après vous, répètent à leurs troupes enfiévrées d'espérance ! En avant ! En avant !

Les Allemands, qui se sentent perdus, perdus en Orient, perdus en Autriche, perdus bientôt devant vous, essaient, une fois de plus, d'une manœuvre politique pour échapper à un désastre militaire. Ils adressent au président Wilson une demande d'armistice. Voici peut-être que va sonner le dernier quart d'heure. Il ne reste pas une minute à perdre. Vous ordonnez la continuation des trois offensives convergentes. En avant ! En avant ! Que Degoutte poursuive sa marche vers Bruxelles ! Que Haig progresse vers Avesne et vers Mons ! Que l'ennemi soit obligé par là d'abandonner Lille, Roubaix et Tourcoing ! Que le groupe Fayolle se hâte vers Fourmies, Hirson et Vervins ! Que le groupe Maistre accélère son allure vers Mézières et vers Sedan ! Et les Belges rentrent victorieusement à Ostende et à Bruges ; et Lille est libérée d'une longue captivité ; et les Britanniques s'approchent de Valenciennes ; et les Italiens enlèvent Sissonne ; et Gouraud enveloppe Vouziers ; et les Américains débouchent aux lisières de l'Argonne. Plus vite encore, criez-vous, et le 19 octobre, complétant vos instructions du 10, vous prescrivez aux armées de Flandres de forcer les lignes d'eau pour courir sur Bruxelles, aux armées anglaises de rejeter les Allemands dans le massif des Ardennes, aux armées françaises et à la 1re armée américaine de redoubler de vitesse pour aller effacer à Sedan les douloureux souvenirs de 1870. En même temps, vous invitez Pétain à disposer secrètement en Lorraine deux armées françaises qui sous le commandement de Castelnau, attaqueront les Allemands à l'est de Metz pour les prendre à revers et marcher sur la Sarre.

Le 31 octobre, tout le front belge s'ébranle et, en quatre jours, l'armée du roi Albert parvient aux portes de Gand ; les Canadiens entrent dans Valenciennes, les Néo-Zélandais font tomber le Quesnoy ; Rawlinson emporte Landrecies ; Debeney déborde Guise ; Gouraud pénètre dans le Chesne et franchit le canal des Ardennes ; Hunter Ligget touche à Belleval et à Montigny; cependant que le général Bullard, avec la 2e armée américaine, s'apprête à se jeter sur Briey et que, devant Nancy, les armées de Castelnau s'apostent pour voler, dès le 13 ou le 14 novembre, vers Sarrebruck et couper la retraite à l'ennemi.

L'empereur, Hindenburg, Ludendorff, trinité sinistre, prennent peur. Il ne leur reste qu'une quinzaine de divisions de réserve et les Alliés en ont plus de cent. Toute l'armée allemande, déprimée par la défaite, va être condamnée à se frayer une route étroite et dangereuse entre le Limbourg hollandais et l'attaque franco-américaine dont elle est menacée à l'est de la Moselle. Aux grands maux, les grands remèdes. L'ennemi se résigne à un repli général. Il fuit devant la cavalerie alliée, qui, après quatre ans d'immobilité, galope à la victoire ; il laisse Mouzon aux Américains, Sedan à Gouraud, la région de Mézières à Guillaumat, Vervins et Rocroi à Humbert, Guise, Fourmies, Hirson à Debeney, Condé, Maubeuge, Tournai à Douglas Haig, une large bande de territoire belge au roi Albert ; il pousse plus loin l'aveu de sa déroute : il ordonne l'évacuation de Metz et de Thionville. Mais quelque hâte qu'il mette à se retirer, quelques efforts qu'il fasse çà et là pour retarder notre poursuite, il va être étranglé sur la Meuse avant de pouvoir rentrer en Allemagne. Dans peu de jours, il n'aura d'autre issue que la capitulation en rase campagne, il préfère capituler entre vos mains, en chargeant des parlementaires de solliciter de vous la suspension des hostilités.

Le 8 novembre, par une matinée sombre et pluvieuse, votre train est garé à Rethondes, en forêt de l'Aigle. Un second train amène M. Mathias Erzberger, le comte Obendorff, le général major von Winterfeld et autres plénipotentiaires allemands. « — Quel est, messieurs, leur demandez-vous, l'objet de votre visite ? — Nous sommes venus, répond M. Erzberger, pour recevoir les propositions des puissances alliées en vue d'un armistice. — Je n'ai aucune proposition à faire. » Les Allemands se consultent du regard. « — Eh bien ! hasarde le comte Obendorff, dites-nous, monsieur le maréchal, comment vous désirez que nous nous exprimions. Notre délégation est prête à vous demander les conditions d'un armistice ? — Demandez-vous formellement un armistice ? — Nous le demandons. — Alors, je vais vous lire les conditions des Alliés. » Le lendemain, les Allemands vous remettent quelques observations écrites, auxquelles vous répondez, le 10, en ne consentant qu'à des modifications de détail, et dans la nuit du 10 au 11, vous reprenez séance, dans votre wagon-bureau, avec les plénipotentiaires allemands. Le texte de l'armistice est lu, article par article, et les signatures sont données. Votre œuvre est accomplie. Vous envoyez à vos armées, par radiotélégramme, l'ordre de suspendre les hostilités à partir de 11 heures du matin. Vous félicitez, en trois phrases immortelles, vos officiers, vos sous-officiers et vos soldats d'avoir gagné la plus grande bataille de l'histoire et d'avoir sauvé la cause la plus sacrée, la liberté du monde ; et le 12 novembre, vous arrêtez et vous fermez votre journal de marche, avec la même simplicité que vous avez mise à l'ouvrir le 26 mars, après la réunion de Doullens.

C'était à vous de faire la guerre ; ce n'était plus à vous de faire la paix. Vous aviez cependant le droit de dire ce que, d'après vous, la paix devait être pour mieux empêcher le recommencement de la guerre. Les mémoires que vous avez rédigés dès le mois de novembre pour exposer les garanties militaires que vous jugiez indispensables portent la marque de votre patriotisme et de votre expérience. Souhaitons que le monde n'ait jamais à se repentir de ne s'être qu'incomplètement inspiré de vos avis. Mais, que dis-je, souhaitons ? Vous n'êtes pas l'homme des vœux stériles et des regrets superflus. Votre esprit réaliste prend les choses telles qu'elles sont et cherche à en tirer le meilleur parti pour notre pays. Maréchal de France, Field Marshall britannique, soldat respecté, non seulement par toutes les nations de l'Entente et par tous les jeunes États européens, mais par nos ennemis d'hier, président du comité de Versailles, vous demeurerez pour la France et pour tous les pays amis, le plus clairvoyant et le plus précieux des conseillers. En ceignant aujourd'hui notre épée pacifique, vous ne vous condamnez pas, Dieu merci, à la retraite et au repos. Nul mieux que vous ne saura veiller au désarmement de l'Allemagne ; nul mieux que vous ne découvrira les réalités sous les apparences et, comme nous disions hier, sous les camouflages.

Si l'on affuble un uhlan d'un costume de gendarme ou si l'on coiffe d'un casque de pompier un soldat de la garde, ce n'est pas vous qui vous laisserez prendre au déguisement. Si, derrière de belles façades industrielles, on se met en mesure de fabriquer en série des canons ou des avions, vous saurez bien renverser le paravent. Il faut que les puissances de guerre ne viennent pas à se réveiller un jour dans l'inattention universelle, pour déchaîner sur l'humanité de nouveaux cataclysmes. Plus de quatorze cent mille Français sont morts pour que ne mourût pas la France. Des générations enthousiastes, des armées innombrables, formées de la moelle de notre nation, se sont volontairement sacrifiées pour défendre, au prix de leur sang, nos traditions et nos libertés. Vous voulez que ce sacrifice reçoive une juste récompense et qu'après une aussi effroyable secousse la postérité puisse, au moins, travailler dans le calme, dans l'ordre et dans la sécurité. Soyez certain que vous êtes en pleine harmonie de sentiments avec la Compagnie qui vous accueille aujourd'hui ; et ne vous étonnez donc plus, monsieur le maréchal, de vous trouver parmi nous. Vous et vos armées, vous avez sauvé notre vieille civilisation latine, notre langue, nos chefs-d'œuvre, notre passé et notre avenir. Comment l'Académie française aurait-elle négligé de vous en témoigner sa gratitude ?

ORLÉANS. — IMP. H. TESSIER

www.ingramcontent.com/pod-product-compliance
Ingram Content Group UK Ltd.
Pitfield, Milton Keynes, MK11 3LW, UK
UKHW020429180726
13839UKWH00003B/1410